# Manual de sobrevivência familiar

11ª edição

Ivan Jaf

# Manual de sobrevivência familiar

Ilustrações: Filipe Rocha

Série Entre Linhas

Gerente editorial • Rogério Gastaldo
Assistentes editoriais • Jacqueline F. de Barros / Andreia Pereira
Revisão de texto • Pedro Cunha Júnior (coord.) / Juliana Batista /
Cid Ferreira / Elza Gasparotto / Talita Pousada

Gerente de arte • Nair de Medeiros Barbosa
Coordenação de arte • José Maria de Oliveira
Diagramação • Francisco Augusto da Costa Filho
Projeto gráfico de capa e miolo • Homem de Melo & Troia Design
Produção gráfica • Rogério Strelciuc
Impressão e acabamento • Log&Print Gráfica, Dados Variáveis e Logística S.A.

Suplemento de leitura e Projeto de trabalho interdisciplinar • Maria Sylvia Corrêa

Dados Internacionais de Catalogação na Publicação (CIP)

> Jaf, Ivan
> Manual de sobrevivência familiar / Ivan Jaf; ilustrações Filipe Rocha. — 11. ed. — São Paulo: Atual, 2007. — (Entre Linhas : Adolescência)
>
> Inclui roteiro de leitura.
> ISBN 978-85-357-0780-9
>
> 1. Literatura infantojuvenil  I. Rocha, Filipe. II. Título. III. Série.
>
> CDD-028.5

Índices para catálogo sistemático:
    1. Literatura infantojuvenil  028.5
    2. Literatura juvenil  028.5

19ª tiragem, 2024

Copyright © Ivan Jaf, 1997.
SARAIVA Educação S.A.
Avenida das Nações Unidas, 7221 – Pinheiros
CEP 05425-902 – São Paulo – SP – Tel.: (0xx11) 4003-3061
www.coletivoleitor.com.br
atendimento@aticascipione.com.br

Todos os direitos reservados.
CL: 810455
CAE: 576026
OP: 229252

A existência não é apenas absurda,
é simplesmente trabalho pesado.
Charles Bukowski

# Sumário

Uns por cima dos outros  9

Criando o mundo  16

Levando pancada e enchendo a cara  21

Sonhos e tios malucos  26

A maldição do Natal  32

Primeiras fugas e primeiras mortes  39

As moscas e a vida após a morte  45

Primeiro perigo: os padres  51

Construindo um outro eu  60

Investigando o passado 69

Segundo perigo: os médicos 76

Terceiro perigo: o amor dos pais 84

Quarto perigo: os esportes 97

Defendendo o pinto e vencendo a timidez 109

Últimos toques 117

O autor 123

Entrevista 125

# Uns por cima dos outros

Meu avô inventou um método muito criativo pra construir um edifício inteiro sem tirar licença nem pagar impostos. Comprava aqueles sobrados antigos, com pés-direitos de cinco metros de altura, e começava a demoli-los por dentro, deixando a fachada.

Com as portas e as janelas sempre fechadas, da rua ninguém desconfiava de nada. Os operários entravam e saíam vestidos normalmente, como visitas, durante meses. O material de construção chegava aos sábados, quando os fiscais da Prefeitura não trabalhavam.

Num belo domingo, meu avô levava vinho e sardinhas pra assar na brasa, e os operários, doidões desde cedo, numa grande festa, botavam abaixo a fachada antiga, ensacavam o entulho, colocavam tudo num caminhão, varriam a rua e pronto. Na segunda-feira, o fiscal passava e, onde durante cem anos existira um sobrado, lá estava um edifício de três pavimentos.

Claro que ele tocava a campainha, e meu avô atendia como se nada tivesse acontecido. Dizia que não havia nada diferente, que morava ali havia muitos anos e que ele devia estar enganado. O homem ficava furioso. Meu avô o convidava a entrar, bebiam vinho, até que a certa altura vinha o velho papo:

— O gajo tem razão. Como estás a ver, esta construção é nova. No começo era para ser só uma reforma, mas sabes como é obra: um puxadinho aqui, outro ali... e minha senhora sempre a exigir. Sabes como são as mulheres, ó pá... Mas não bebes mais? Este eu trouxe lá do Minho! O caso é que, quando vi, catano, tinha feito outra casa.

Meu avô deixava pra demolir a fachada antiga num domingo próximo do Natal, quando todos ficam mais sentimentais e precisam de dinheiro, de forma que o final da conversa era sempre o mesmo:

— Tens família, como eu. Sabes que trarei todos os meus filhos e netos para morar aqui junto a mim? Por isso precisei aumentar a casa. Será minha alegria na velhice. Já neste Natal todos estarão aqui, ó pá.

O fiscal saía de lá com um cheque no bolso, uma caixa de bacalhau debaixo do braço, e estava encerrado o assunto.

Com o tempo, o meu avô foi ficando conhecido de todos os fiscais. Alguns se tornaram amigos da família e até inquilinos.

Um dia apareceu um fiscal novo. Ouviu toda a conversa, aceitou o dinheiro e o bacalhau, mas antes de sair disse:

— Tudo certo. Não vou embargar a obra, mesmo porque ela já está feita. Mas não gosto de ser enganado. O senhor tem um mês para realmente se mudar para cá. E com todos os filhos e netos. Passar bem.

Aquele fiscal mudou o rumo da minha vida.

•

Já deu pra notar que esse avô era português. Era o pai da minha mãe. O pai do meu pai morava em outra cidade, outro Estado, e só o vi uma vez, quando eu tinha 7 anos.

Meu pai me levou lá pra ele conhecer o neto, mas o homem tinha tido dezoito filhos e já estava de saco cheio de criança. Era uma figura impressionante, com uma cabeleira branca enorme, muito alto. Fiquei horas esperando que acabasse a sesta, enfiado na minha melhor roupa. Saiu do quarto resmungando, passou por mim, parou um segundo, me olhou de alto a baixo, balançou a cabeça, me deu um cascudo, que doeu pra caramba, e foi pra casa da amante.

Com 82 anos ainda pulava a janela da casa da amante. Podia entrar pela porta. A cidade era pequena. Todos sabiam. Mas ele fazia questão.

•

Às vezes fico triste, deprimido mesmo, mas acho que é porque faço o balanço da minha vida do ponto de vista errado. Talvez seja muito rigoroso. A verdade é que não controlo quase nada do que me atinge.

Cheguei a pensar que metade das coisas acontece de fora pra dentro e a outra metade, de dentro pra fora. Metade crio, metade me sujeito. Mas já não tenho muita certeza disso. Atualmente ando meio perdidão, como um cachorro que caiu do caminhão de mudança.

Talvez tudo não passe de um jogo, cujo objetivo é descobrir as regras.

Meu projeto de vida atual: ir pouco a pouco.

•

Inclusive, tenho até um lema... mas nunca consigo me lembrar dele.

•

Talvez o tal fiscal tenha pisado num cocô de cachorro antes de encontrar meu avô, daí o motivo do mau humor e da exigência implicante. Um cocô de cachorro pode ter mudado a vida de nove pessoas. Vai saber...

Meus avós foram os primeiros a se mudar. Ocuparam o apartamento térreo. Não queriam subir escadas.

Eu tinha 2 anos. Minha irmã, 6. Meu pai não queria ir, mas minha mãe insistiu. O fiscal prometera investigar todas as outras construções irregulares do pai dela. Fomos pro primeiro andar.

Pouco depois, chegaram meus tios e minha prima, de 4 anos. Ficaram no segundo.

Pronto! A família estava unida, uns por cima dos outros, debatendo-se dentro do próprio destino. Tudo bem.

O problema era que, pra construção não ficar aparecendo por cima da fachada do sobrado original, meu avô fazia uns edifícios muito baixos. Precisavam caber ali os três pavimentos. Aliás, o lucro estava nisso, no tal pavimento extra.

Ele olhava aqueles pés-direitos de cinco metros e dizia:

— Ó pá, o que esse povo do passado tinha era mania de grandeza ou não sabia quanto custa o dinheiro. Se ainda pudessem andar pelas paredes...

Os apartamentos dele ficavam com menos de três metros de altura.

Morei lá até os 14 anos. Acredito que pra um adulto aquilo devia ser meio opressivo com o teto sempre ali, mas pra mim não foi mau. Aliás, o teto era um assunto que pouco me incomodava. Se não cortava as unhas do pé porque achava que ficavam longe, imagine o teto.

Outra vantagem é que fui o primeiro cara da minha turma a alcançar o teto de casa pulando.

•

O cocô de cachorro e o fiscal de obras da Prefeitura fizeram um grande bem ao meu avô. A psicóloga que me atendeu quando eu estava na fase de chorar todos os dias, das sete às dez da manhã, diria que o truque do meu avô, os três pavimentos, a conversa mole pra cima dos fiscais e o Natal, tudo isso era a maneira que o velho encontrara pra satisfazer seu desejo inconsciente de juntar os filhos e os netos. Vai saber...

Uma vez perguntei a ela:

— Então me diga, o que é família, afinal?

— São estruturas de pessoas que vivem juntas por um certo período de tempo e se encontram ligadas por laços de matrimônio ou de parentesco.

Então tá.

•

Minha sorte é que, naqueles primeiros tempos, vivia apenas no presente. Passado e futuro eram coisas que aconteciam dois ou no máximo três dias antes ou depois, e mesmo assim não por mais de um minuto. O mundo era emocionante. Tudo tinha cheiro, gosto, brilho. Acho que é porque os meus órgãos sensoriais estavam novos. Com o tempo vão se desgastando, como tudo. Ontem mesmo entrei no carro, estalando de novo, do pai de um amigo meu. Os cheiros, os bancos ainda cobertos com plástico, o brilho dos metais. Daqui a uns meses, pronto, vai estar como todos os outros. Quando me deixaram sozinho lá dentro soltei um pum bem fedido, pro carro ir se acostumando com os fatos da vida.

Então lá estava eu, tentando reconhecer o mundo pelo que podia tocar, cheirar, provar. E aqueles três pavimentos eram o mundo.

A primeira imagem de que me lembro, eu devia ter uns 3 ou 4 anos, é a de uma moeda brilhando num degrau da escada. Quando me abaixei pra pegá-la, meu calção rasgou.

Muitas vezes me pergunto por que as recordações começam naquela moeda. Até hoje posso sentir a intensidade do brilho dela. Minha mais recente teoria a respeito é a de que existe uma outra realidade, paralela a esta, que eu chamo de "o outro lado". Do "outro lado" está o molde de todas as coisas que existem do lado de cá.

Por exemplo, por aqui existem milhões de cadeiras, todos os dias são feitas milhões de canetas, mas do "outro lado" estão *a* caneta, *a* cadeira. No "outro lado" os objetos são eternos, não existe o tempo, por isso tudo dura infinitamente.

Já do lado de cá é o contrário, tudo é transitório, as coisas se quebram, somem, escangalham, e a culpa não é nossa, é do tempo, que não para de passar e obriga as coisas a acontecerem. Preciso explicar essa teoria pra minha mãe.

Às vezes um dos objetos do "outro lado" passa para o lado de cá e se mostra pra mim. Foi o que aconteceu com aquela moeda, e com várias outras coisas durante esses meus já longos 17 anos. Cada vez que isso acontece sinto um negócio esquisito, que não dá pra explicar com palavras. O certo é que tudo brilha muito, e fica fora do tempo.

Chamo isso de "momentos de eternidade", mas vou parar por aqui porque esse papo já está enchendo o saco.

●

    O apartamento térreo era o menor de todos, comprido, com a sala dando pra rua. Da calçada se via tudo lá dentro. Era comum minha avó assustar-se com a cabeça de algum bêbado na janela, acompanhando a novela. Um longo corredor levava ao quarto, à cozinha, ao banheiro e, lá no fundo, à adega.
    Do lado direito do prédio, havia uma porta que dava diretamente na escada. Por ela se chegava aos outros dois andares, que eram maiores, com três quartos cada um.
    Nós então nos acomodamos no primeiro andar e, de saída, meu pai fez uma coisa bem interessante. Como ele tinha muitos livros, porque era advogado, pegou o melhor quarto pra biblioteca. Ele e minha mãe ficaram num outro e do terceiro fizeram dois, com divisórias de madeira, pra mim e pra minha irmã.
    Achei interessante saber que se podia dar prioridade aos livros.
    Talvez por isso esteja sentado aqui, escrevendo um, enquanto todos lá fora se divertem na festa de Ano-Novo.
    Bem, é verdade que arranquei um dente há dois dias e o desgraçado do dentista esqueceu de dar os pontos, deixou o buracão aberto e o infeliz não pára de sangrar.
    Outra coisa interessante que meu pai fez: proibiu a entrada de menores de 8 anos na biblioteca.
    Nunca ouvi falar de método melhor pra despertar na juventude o interesse por livros.

●

    Ele tinha razão. Aos 10 anos entrei lá, peguei um livro velho e fiz um buraco entre as páginas para esconder meu *walkman* e ficar ouvindo música durante as aulas. O tal livro velho era um exemplar da primeira edição de um romance francês muito famoso e valia uma nota preta.
    Mas não apanhei por causa disso. Os meus pais nunca me bateram. Pelo contrário, minha mãe era conhecida na rua por impedir que os outros pais batessem nos filhos. Sério. Uma vez escutou, através da parede da sala, a vizinha do lado espancando a filha por não ter passado de ano e foi lá. Entrou no meio, levou e

deu uns tapas e a pobre mulher ficou sem entender o que minha mãe fazia ali.

A única violência que me marcou naqueles primeiros tempos não foi tão grave assim. É que eu costumava levantar durante a noite e ir pra cama deles. Meu pai acordava furioso e me expulsava, até que uma noite me atirou pela janela.

Tudo bem que o quarto deles dava pra uma varanda coberta, com um velho sofá, mas pra mim meu próprio pai estava me jogando fora de casa pela janela.

Escondi isso da tal psicóloga. Não queria dar esse gostinho a ela.

●

Janelas...

Costumava ficar tardes inteiras olhando as mulheres passarem na rua. A empregada me deixava de pé sobre uma cadeira de palhinha e eu ali, só olhando. Até que um dia a palhinha se rompeu, eu afundei e as pontas das palhas entraram na minha barriga. Fiquei todo espetado, sangrando, como a testa de Cristo quando colocaram aquela coroa de espinhos.

A empregada arrumou as coisas dela às pressas e fugiu.

Passei o resto da tarde lá, até minha mãe chegar. O sangue coagulou, cansei de chorar e até dormi.

●

Dizem que criança não faz nada, leva uma vida boa, mas minha vida era agitadíssima. Precisava aprender a falar, a deixar de fazer cocô nas calças, a condicionar os adultos a me alimentarem.

O negócio era chorar e gritar. Achavam que era manha, mas não. Puro estresse.

Dava muito trabalho também separar uma coisa da outra, os objetos animados dos inanimados, as pessoas dos outros animais, os adultos das crianças, os homens das mulheres, e assim por diante. Sem falar nos nomes, cada coisa com um nome diferente. Caramba, eu tinha certeza de que não ia conseguir!

# Criando o mundo

Quando eu era pequeno, chorava de medo do infinito. Hoje aguento firme.

A primeira sensação de que as coisas não tinham fim foi com os nomes. Quase desisti. Havia um sujeito surdo e mudo lá na rua e pensei que, se aquilo era possível, queria ser como ele. Durante anos o considerei um sujeito muito esperto.

•

Se o pensamento são essas palavras que a gente se diz por dentro, como é que um surdo-mudo de nascença, que nem chegou a saber o que é uma palavra, pensa?

Sem brincadeira, uma coisa dessas é capaz de me deixar preocupado dias e dias. Perco até o apetite. Como é um pensamento sem palavras? Deve haver um especialista que me esclareça sobre isso. Há especialistas pra tudo.

A segunda sensação do infinito foi no sítio de um amigo do meu pai. A gente foi lá passar um fim de semana e deitei na beira da piscina à noite, de barriga pra cima. Nunca tinha visto um céu como aquele. Estavam todos bebendo e esqueceram de mim. Fiquei horas deitado lá. Dava pra sentir o espaço sem fim.

Uma tremenda sensação de vazio e desamparo me deixou meio melancólico, mas se um dia tiver o azar de chegar à presidência do país faço uma lei que obrigue cada cidadão a pelo menos uma vez na vida passar a noite de barriga pra cima vendo o céu estrelado. Nem que seja amarrado. Pra deixar de ser besta.

•

Naquela época eu me sentia onipotente. Acreditava que os objetos existiam todos por minha causa. Desejava o seio da minha mãe, ele aparecia. Outro dia descobri que há uma palavra pra isso também: solipsismo. Ah, os especialistas...

Pra falar a verdade, acredito nisso até hoje. Desconfio que os lugares e as pessoas só existem quando eu chego. Assim que eu saio, tudo desaparece. Quem é capaz de me provar que Teresópolis existe? Podem descrevê-la, mostrar as fotos, não interessa. Podem trazer todo o povo que mora lá como testemunha. Não importa. Tudo teoria. Não há como me provar a existência de Teresópolis sem me levar até lá. Mas aí é o que eu digo: ela existe porque cheguei a ela. Eu criei Teresópolis.

Costumava acordar durante a noite pra andar pelo apartamento sem ser notado e ver se as coisas existiam mesmo, surpreender o mundo antes de criá-lo, mas não, tudo estava sempre lá. Não sei como fazia pra criar aquilo tudo, mas eu era muito bom e rápido.

Uma vez a gente voltava das férias, meu pai dirigindo, eu e minha irmã no banco de trás. Ele olhou umas placas no acostamento e disse:

— Diabos, onde é que foi parar o Rio de Janeiro?

Achei que dormira demais e ainda não tinha criado a cidade. Fiquei com medo de não conseguir. Procurei me concentrar e logo depois meu pai disse:

— Ah, lá está!

Eu era bom mesmo naquilo. Tinha só de ficar atento.

Já não me lembrava direito do significado de solipsismo. Achei melhor ir ver lá no dicionário. Tudo certo. Solipsismo é uma doutrina filosófica segundo a qual a única realidade do mundo é o eu. Atitude que consiste em sustentar que o eu individual de que se tem consciência, com suas modificações subjetivas, é que forma toda a realidade. É isso aí! A psicóloga não diria melhor.

•

Saudade de como eu resolvia minhas necessidades imediatamente. Saudade de fazer xixi na cama.

Vou confessar uma coisa. Meses atrás cismei de mijar na cama. É. Ando revoltado com uma porção de coisas. A sociedade fica me adestrando pra ser um sujeito normal e produtivo, desde pequeno me educando pra não fazer nada errado. Caramba, a gente mal tem chance de reagir!

Tá certo, não quero voltar a fazer aquilo toda noite, mas a campanha contra foi barra-pesada. Falando a verdade, é muito gostoso sentir aquela coisa quente escorrendo pelas pernas e não ter de levantar no meio da noite pra ir ao banheiro. Acordar molhado de manhã é realmente desagradável. Agora, no momento em que acontece, é bom.

Usaram todos os métodos possíveis pra me reprimir. Depois daquela empregada que fugiu, veio uma muito velha, que me assustou com histórias de fantasmas, lobisomens, mulas sem cabeça, essas coisas. Pra fazer uma criança deixar de urinar na cama havia um arsenal aterrador, como o demônio noturno que cortaria meu pinto pra dar pro gato.

A técnica da minha mãe era mais sutil. Ela pendurava as roupas de cama e o colchão pra secar nas janelas, pra rua inteira saber o que eu tinha feito. Sacanagem dela. Por que não me batia, como todo mundo?

Então, uns meses atrás, resolvi fazer xixi na cama. Uma vez só. Pra provar a mim mesmo que possuía o tal livre-arbítrio.

Comprei um pacote de fraldas descartáveis e forrei o colchão com plástico.

Bebi bastante água antes de dormir.

Não consegui. Não dá mesmo.

Tentei outras vezes. É impossível.

Fizeram um trabalho bem-feito comigo. Vou parar de tentar. Já pensou se morro durante a noite e descobrem que dormia de fralda?

Quando ficar bem velhinho e esclerosado, volto a mijar na cama. Não perdem por esperar. A luta revolucionária nunca tem fim, companheiros.

•

A necessidade de nomear as coisas me afastava dos objetos e eu ia aos poucos aprendendo o que era a solidão.

•

Já que estou no assunto, vamos lá. Com o cocô, a relação era outra. Nesse caso eu era o principal interessado em me reprimir.

Não havia graça nenhuma em me borrar todo durante a noite. Não era nem pelo nojo, mas sempre me tiravam à força da cama e me enfiavam na banheira até o pescoço. Não pode existir nada pior do que ser tirado da cama e enfiado dentro d'água.

Com cocô a coisa era mais séria. Não estavam pra brincadeiras.

Não devia nem fazer nas fraldas. A primeira palavra que falei não foi papai nem mamãe. Foi *totô*. Desculpem por isso, velhos.

Descobri que bastava falar *totô* pras pessoas me darem atenção. Aquilo era o poder e, se pudesse controlá-lo, pronto, ali estava uma arma eficaz.

Claro. Não podia simplesmente falar *totô* sem estar com vontade. Muito menos depois de já ter feito.

Pra criar o condicionamento perfeito nos adultos precisava controlar a situação e só falar *totô* minutos antes de fazer a coisa. Com a prática, me tornei muito bom nisso.

Não é fácil. Temos por dentro uma porção de órgãos cujos movimentos são involuntários. O coração, por exemplo, as contrações do estômago etc., e no começo os intestinos parecem desse tipo. Não se borrar todo parece brincadeira, mas é a nossa primeira manifestação de vontade, disciplina, autodomínio, independência, livre-arbítrio, e por aí afora. Prender e soltar. É preciso, antes de tudo, dirigir a atenção pra dentro de si mesmo.

Pra falar a verdade, acho mesmo que a consciência, e depois a identidade, começam lá: no cocô. É isso aí.

●

Tive bons momentos.

É o que eu disse. Não tinha nojo. Ao contrário, achava a cor e a consistência interessantes.

Minha mãe conta que aprendi muito cedo a usar o penico, mas que foi um inferno me fazer desistir de desenhar nos azulejos do banheiro.

Se ela se distraísse um pouquinho, falando ao telefone, por exemplo, ia me encontrar enfiando a mão no penico e lambuzando as paredes.

●

Eu não entendia por que as pessoas tinham nojo do cocô quando ele estava do lado de fora, e não tinham quando ele estava do lado de dentro. Não devia ser o contrário? Vai saber...

●

No meu aniversário de 5 anos ganhei um pequeno rádio de pilhas e um pintinho.

No dia seguinte, pela manhã, vi que o pintinho estava todo borrado. Agradecido por ter ganhado os presentes que eu tinha pedido, quis mostrar que era um bom menino e fiz o que meus pais teriam feito comigo.

Enchi a banheira e enfiei o pintinho lá dentro. Esfreguei com bastante sabão. Fazia isso escutando música; me empolguei com essa coisa de ser bom menino e dei banho no rádio também.

Meus pais brigaram muito comigo por ter matado um e estragado o outro. Não dava pra entender como o mundo funcionava.

# Levando pancada e enchendo a cara

Num só ano quebrei dois ossos: o dedão do meu pé direito, numa topada feia, e o queixo da minha prima.

Éramos três crianças naquele prédio e nos maltratávamos com muita criatividade. Minha prima vinha correndo atrás de mim pelo corredor do apartamento do meu avô quando parei, joguei o corpo pro lado e deixei a perna. Ela tropeçou e enterrou o queixo no batente de mármore da porta da cozinha.

Semanas depois, minha mãe gritou pro andar de cima pedindo o ferro de passar roupa emprestado. Atendi a campainha e lá estava minha prima estendendo o ferro pra mim:

— Segure por baixo, com as duas mãos. É pesado.

Fui parar no hospital, com queimadura de segundo grau.

Com minha irmã, quatro anos mais velha, não havia a menor chance. Ela cismava com a minha cabeça. Me acertou com telefone, pilha, boneca de louça, controle de *videogame*, cinzeiro de vidro, entre outras coisas. Uma tarde assistiu a um filme inteiro batendo na minha testa com meu caminhãozinho de ferro, depois de ter me amarrado no pé do sofá.

O mais grave foi a pá de areia que me jogou na cara quando fomos visitar uma das obras do meu avô. A areia entrou nos meus olhos e não pude abrir mais as pálpebras.

Fui a uma porção de médicos, fiquei cego por várias semanas e já estava até me conformando quando nossa cachorra lambeu meus olhos e eles abriram. Juro.

Saudade daquela cachorra.

Velha, dormia o dia inteiro. O prédio todo escutava o ronco. Dormia tanto, que só descobrimos que estava morta depois de uma semana porque começou a feder e a juntar moscas atrás da poltrona da sala.

Ela era tão inteligente que olhava pro sinal antes de atravessar a rua.

O lixeiro levou o corpo num saco plástico. Não foi um enterro dos mais dignos. Tudo bem.

•

Meu pai vivia repetindo:

— Obrigado, meu Deus, por ter me trazido para um lugar onde eu não queria ter vindo.

Ele não era religioso. Falava aquilo de sacanagem quando brigava com a minha mãe, querendo dizer que não estava ali por vontade própria. Era verdade. Ninguém estava ali por vontade própria. Mas formávamos uma família, diabos, e pro resto da rua éramos exemplo de união.

O único que parecia se divertir um bocado era meu avô. Um tipo ótimo. Um gozador. Na época ainda tinha um pequeno botequim no centro da cidade, e lá conseguia vender comidas e bebidas contrabandeadas de Portugal. Era muito querido entre os fiscais do comércio e do porto também.

Devo ter alguma espécie de memória na boca – *gustativa* é a palavra, acho –, porque outro dia, num restaurante fino, comi uma azeitona portuguesa e por alguns segundos cheguei a ver o interior de um armazém do cais do porto, meu avô segurando a minha mão e um imenso barril.

Contei isso pra minha mãe e ela me disse que, de fato, ele sempre me levava junto quando os navios chegavam com as mercadorias. Não me lembrava disso, juro. Tinha uns 6 anos.

●

Os barris de vinho ele não levava direto pro botequim, como fazia com os de azeitona, azeite, tremoços e todo o resto. As enormes pipas de vinho, algumas com mais de cinco mil litros, iam pra adega que construiu nos fundos do apartamento dele. Era lá que o vinho verde, mais barato, que comprava em Portugal, virava vinho suave, mais procurado e caro. O encarregado da falsificação era eu.

O processo era simples. Com um pequeno funil colocava um punhado de açúcar mascavo no fundo da garrafa, sentava num banquinho diante da pipa de vinho, abria a torneira e enchia a garrafa.

Eu passava as tardes inteiras ali sozinho fazendo isso.

Parece um troço meio chato, mas não era não. É que meu avô tinha ensinado:

– Nunca deixes o vinho cair no chão. É pecado. Se ele escorrer, beba.

Às vezes eu subia as escadas trocando as pernas. Fora de brincadeira. Minha mãe acabou proibindo.

●

Até hoje, tantos anos depois de sua morte, as pessoas ainda se divertem com as sacanagens do velho.

Contam, por exemplo, que numa visita aos parentes, lá no interior de Portugal, quis mostrar que estava bem de vida e mandou construir uma tampa pro poço da aldeia, de concreto, com um buraco no meio pra jogar o balde. Todos ficaram satisfeitos, houve até inauguração com música e bebida. Mas, como na verdade ele não queria gastar muito, fez a tampa com o diâmetro pequeno demais. Nas primeiras chuvas, as bordas cederam e a tampa afundou como uma rolha, fechando o poço pra sempre.

Ele guardava baratas vivas em caixas de fósforos pra jogá-las no decote das mulheres. Fizemos isso várias vezes da janela lá de casa e eu sempre acabava me molhando todo de tanto rir.

Uma vez ele ligou pra um amigo desempregado, dizendo que um hospício em Botafogo estava contratando pessoas pra mastigar marmelada pros malucos idosos, que já não tinham dentes. O sujeito foi lá atrás do emprego e quase não o deixaram sair.

Quantas vezes enfiei o dedo no enorme buraco que ele tinha na perna e pedi que repetisse a história daquele tiro que levou nas guerras coloniais da África. E ele contava então como se arrastou pelas trincheiras, no meio do fogo inimigo, carregando um amigo baleado no peito. Ficou dois dias e duas noites esperando socorro, com um torniquete na perna feito com pedaços de pano da camisa do amigo, que afinal morreu em seus braços, em meio a bombas explodindo por todo lado, e ainda teve de lutar com dois soldados africanos pra poder alcançar o batalhão de resgate.

Há pouco tempo, soube que de fato foi um africano quem lhe deu o tiro na perna, mas porque o pegou na cama com sua mulher.

•

E minha avó?
Ela ria disso tudo, balançava a cabeça e dizia:
— Deixa o homem se divertir.
Era muito prática. Nunca beijou meu avô na boca.
— Pra quê? — ela dizia.
Quando eles iam transar, usava uma combinação com um buraco numa certa altura. Era o que precisava.

•

A velha está viva, e continua morando lá no térreo, com um camundongo que ela desistiu de matar e adotou.

Outro dia fui almoçar com ela. A porta estava aberta. Tem 81 anos e nunca fechou a porta.

— Espere aí que já ponho o feijão no fogo! — gritou do banheiro. — Estou tirando um dente.

Não acreditei. Ela estava de boca aberta na frente do espelho, puxando o molar com os dedos. Fez força, o dente pulou na pia, cuspiu o sangue, enxugou as mãos no avental e perguntou se eu queria o bife à milanesa.

●

Como as áreas de serviço dão pra um vão interno, onde as empregadas ficavam fofocando, e ela gosta de saber de tudo o que se passa à sua volta, comprou um papagaio que no final do dia repetia tudo o que elas diziam.

Minha mãe morre de preocupação por ela atravessar as ruas sem olhar.

— Não vão ter coragem de atropelar uma velhinha — ela diz.

Nunca aprendeu a ler nem escrever.

— O importante é saber fazer as contas.

Mas está longe de ser uma pessoa ignorante. Não perde uma ópera no Teatro Municipal. É louca por ópera.

— Queria saber gritar como aquele pessoal — diz.

E também nunca me bateu, nem mesmo no dia em que dei sua dentadura nova pra tal cachorra brincar.

●

É estranho, pensando no meu avô... não consigo lembrar como era seu rosto, sua voz, nada. Mas sinto sua presença. Ele ficou pra mim como uma sensação boa. Lembro aqueles passeios pelas ruas calmas do bairro, minha mão agarrada na dele.

O que um homem pode dar de melhor a seu neto do que a impressão de que a vida vale a pena ser vivida?

# Sonhos e tios malucos

Foi naquela fase que sonhei pela primeira vez com o Paraíso. Ele estava lá, num canto da sala, junto à janela.

Eu costumava levantar da cama no meio da noite e vagar pelo apartamento silencioso. Sempre fiz isso, mas os motivos variavam. No começo foi por causa do tal solipsismo, depois cismei que era adotado e tentei surpreender meus pais conversando sobre o assunto. Essas histórias eu conto mais tarde.

O caso é que levantei da cama, com o apartamento às escuras. O ronco da cachorra. Tudo igualzinho. Espiei minha irmã na cama, depois passei pelo banheiro, a torneira pingando, meus pais dormindo, até chegar à sala e ver o Paraíso. Aí levei um susto danado, porque percebi que estava sonhando. Juro. Até então eu não sabia. Mas o que eu vi não era possível. É difícil explicar. Tudo bem.

Havia um pequeno lago, cercado de pedras irregulares. Do canto da parede, entre flores coloridas, brotava uma fonte de águas brilhantes. Ao lado dela uma escada feita de folhas, uma trepadeira, subia, subia, e não havia o apartamento dos meus tios, a escada se perdia no tal infinito. Verdade. Não dá pra esquecer uma coisa dessas. Até hoje, se fechar os olhos, vejo tudo.

•

Dormir era uma aventura. Sempre que ia pra cama e apagavam as luzes tinha a sensação de uma massa negra me esmagando lentamente. Depois, muitas vezes, vinham pesadelos horríveis, monstros, neblina, seres estranhos querendo me atacar no meio da névoa, eu tentando correr de um perigo e minhas pernas não obedecendo...

Isso passou. Cheguei a comentar com a tal psicóloga que meus sonhos mudaram, pra melhor, porque não tendo mais aquela sensação de onipotência dos primeiros anos compenso a desilusão com a realidade tornando minhas fantasias mais agradáveis.

— Se pode ficar analisando seus sonhos desse jeito, acho que não precisa de mim — ela disse.

É isso aí.

Aliás, ela me acha completamente doido por causa das minhas teorias sobre os sonhos. Não é mole sua própria psicóloga chamar você de doido. Tudo bem. Mas é que comigo acontecem coisas estranhas mesmo.

Desde pequeno *sei* que estou sonhando. Muitas vezes já cheguei pra um monstro e disse:

— Se continuar me assustando, eu acordo.

Pra mim, e é isso que deixa minha psicóloga furiosa, existem dois tipos de sonhos. Os comuns e os reais. Não é uma coisa pra ser explicada. A gente só sente a diferença quando está sonhando.

As interpretações que dão por aí sobre os sonhos funcionam apenas pros comuns, aquela história de Simbólica, e todo o papo do Freud, está tudo certo, até me interessa bastante e já li alguma coisa, mas e os sonhos reais? Esses não são pra decifrar. São como o dia a dia, meus atos de quando estou supostamente acordado.

Um exemplo? Droga, contei isso pra ela, depois de prometer a mim mesmo não contar a ninguém, e agora estou escrevendo a respeito. Mas tudo bem. Há uns seis meses sonhei que estava numa cidade muito antiga, com ruas estreitas, calçadas com pedras e construções baixas, também de pedra escura. Corria na mesma direção que uma multidão apavorada, fugindo de alguma coisa. Tentei parar alguém pra pedir explicações, mas era impossível. Corri muito, até chegarmos a uma praça redonda, pra qual davam quatro ou cinco daquelas vielas. De todas chegavam pessoas assustadas, e fomos nos aglomerando em torno de um monumento central. Ficamos ali, grudados uns nos outros. Logo apareceram soldados, saíram de todos os lados, com metralhadoras apontadas. Da rua mais larga surgiu um tanque de guerra. Perguntei pra uma senhora ao meu lado, gorda, o cabelo bem preto, escorrido, até a cintura:

— O que está acontecendo?

— Vamos todos morrer — ela disse.

Fiquei com medo mesmo:

— Escuta, eu não sou daqui. Estou só sonhando. Na verdade estou é dormindo na minha cama, lá no Rio de Janeiro. Brasil, conhece? Será que dá pra explicar isso pra alguém? Quem é que...

— Sei que não está aqui — ela cortou. — Esse é seu corpo sonhador. Não fique nervoso, não acontecerá nada com você. Mas, se veio, é por algum motivo.

— Não posso imaginar.

— Preste atenção a tudo. Olhe as coisas em volta.

Foi o que eu fiz. Virei de costas e vi o monumento. Era um bloco de pedra escura, de uns cinco metros de altura, um obelisco, com uma ponta afiada. Depois olhei pros sobrados que circundavam a praça, até começarem os tiros. Gritos.

Acordei muito suado, me sentindo esquisito mesmo. Não consegui mais dormir.

Uma semana depois chega meu pai em casa com uma revista. Levo ela pro banheiro, abro ao acaso. Lá está a foto da praça. Era uma cidade do interior da Romênia. Ali começara uma revolta popular contra o ditador e este mandara seu exército atacar. Milhares de pessoas foram acuadas e mortas naquela praça. Lá estavam o obelisco e os sobrados.

E outra noite lá estava eu, voando sobre um animal estranho, uma mistura de elefante com cavalo, com enormes asas, entre cachoeiras imensas, as tais águas brilhantes.

•

Outra coisa que eu disse pra psicóloga é que os sonhos provam que a morte não existe. Sempre que se vai morrer num sonho a gente acorda. Sempre um pouco antes. Se um sujeito atira na gente à queima-roupa, vemos a bala chegando e aí se acorda. Nunca se morre.

Garanti a ela que um pouco antes de morrer vamos despertar numa outra vida e perceber que esta é que era um sonho, mas é melhor parar com isso, senão ela acaba mandando meus pais me internarem num hospício.

Por falar em malucos, lembrei da minha tia. A coisa mais normal que fazia era sentar no parapeito da janela lá do segundo andar em suas crises de sonambulismo.

Tentaram todo tipo de tratamento, mas quem acabou resolvendo o problema foi o serralheiro da esquina, instalando uma grade.

Ela era absolutamente fanática por uma coisa que odeio: plantas em vasos. Me dá agonia. É como se disséssemos a elas:

— Olha, podem crescer, mas há um limite.

A natureza controlada. No apartamento dos meus tios mal se podia andar com tantos vasos espalhados, pendurados nas paredes, pelos parapeitos das janelas.

Por causa das plantas ela não viajava. Nunca dormia fora. Precisava regá-las.

Havia outro problema. Se um mosquito a picasse, sua histeria fazia a pele empolar e acabava no hospital.

Com 6 anos de idade, tomei um vermífugo e botei pra fora três longas bichas, ainda vivas. Embrulhei-as carinhosamente e toquei a campainha da minha tia:

— Presente. Pra senhora.

Ela abriu, toda emocionada, e desmaiou.

Quando acordou teve um acesso de asma. Nem ela sabia que tinha asma. Descobriu que era alérgica a bichas.

Ao saber da história, meu avô me deu um abraço apertado e riu até fazer xixi nas calças.

É um troço muito legal ver o avô da gente molhando as calças de tanto rir por uma coisa que a gente fez.

•

— É importante a família apoiar a criança, estimulá-la. A identidade precisa do sentimento de autoconfiança, e a autoconfiança não existe sem a confiança real dos outros. Isso é essencial para o jovem suportar a carga de frustração do mundo.

Fico pegando no pé dela mas a tal psicóloga, apesar do jeito empolado, fala umas coisas bem interessantes. Gosto dela. O problema é querer dar uma de erudita. A cabeça dela é como um apartamento cheio de móveis bonitos, mas difícil de se andar.

•

Minha tia lia e colecionava artigos de medicina que saíam em jornais e revistas. Arquivava por doença.

No meio de um dos nossos tumultuados Natais, meu pai perguntou, já meio bêbado, se ela não percebia que o que saía sobre determinada doença num domingo o próprio jornal desdizia no domingo seguinte e que aquela besteira toda não passava de propaganda paga de médicos e remédios.

•

Meus tios nasceram um pro outro.

Ela se dizia uma alta funcionária do Ministério da Fazenda e se exibia pra rua inteira porque um carro oficial a apanhava pela manhã e a trazia no final da tarde.

Depois descobriu-se que era apenas uma secretária, a quem o chefe dava carona por morar a dois quarteirões dali.

Meu tio, por outro lado, achou muito cansativo formar-se em Direito, por isso só comprou o anel de advogado.

Se precisava mostrar seu lado popular, entrar em bares, conversar com o povo, fingir que era pobre, tirava o anel. Se queria exercer autoridade, intimidar, dizer que era rico, punha o anel.

Durante anos, quando me contavam histórias de anéis mágicos que transformam as pessoas, eu pensava que sabia do que estavam falando.

Ele comprava livros a metro, sempre com belas lombadas, de preferência sobre Direito, jurisprudências ultrapassadas, que encontrava a preço baratíssimo em bazares de caridade. Ler mesmo, só lia dicionários. Se era pra falar palavras difíceis, melhor ir direto à fonte. Era prático. Nisso saía à mãe.

Tinha ambições políticas. Não era rico, mas possuía uma sapataria e uma fábrica clandestina de tamancos. Não sei como, conseguiu um acordo com uma penitenciária. Os presos cortavam as tiras e a madeira, ele montava os tamancos num pequeno galpão no subúrbio e os vendia pra própria penitenciária. Tudo sem licença, impostos, essas coisas. Nisso saía ao pai.

Chegou a presidente da Associação Comercial do bairro e lá ficou, alternando o poder com o dono de uma malharia que morava na mesma rua.

Como aos sábados havia uma feira livre por lá, quando um deles assumia a presidência mandava instalar as barracas de peixe em frente à casa do outro.

Eu gostava dele. Tinha um carro imenso e me levava, junto com minha irmã e minha prima, pra longos passeios a praias distantes. Minha tia não ia por causa das plantas e dos mosquitos.

Algumas vezes o ajudei a tirar os sapatos quando chegava do trabalho. Ele dava longos suspiros e ficava com os olhos cheios d'água. Usava dois números abaixo do seu só pra ter o prazer de tirá-los no final do dia.

# A maldição do Natal

Eu esperava a noite de Natal com ansiedade.

Era a oportunidade de ver a calcinha da empregada da minha tia.

Depois que todos bebiam, eu ia pra debaixo da mesa. Ela era linda. Pelo menos eu achava. Os Natais aconteciam um ano no nosso apartamento, o outro no dos meus tios, mas ela sempre ajudava, e sempre de saia curta.

Até hoje quando escuto falar em espírito de Natal penso em outra coisa.

Enquanto eu ficava lá embaixo da mesa, em cima a coisa esquentava. Não era fácil. Se cobrissem a gente com uma lona, virava um circo. Se cercassem com um muro, era um hospício.

Acho que o Natal foi inventado por um sujeito perverso que queria deixar deprimidos os que não têm família, e mais ainda os que têm. Lá no prédio então chegava a ser perigoso.

No primeiro ano ainda comemoramos aniversários, dia das mães, dos pais, essas coisas, juntos, mas rapidamente deixamos a hipocrisia de lado. Ao contrário, passamos a evitar que todos se reunissem no mesmo cômodo. Assim, só sobrou o Natal. Do Natal ninguém escapa. É como uma maldição.

De doze em doze meses lá estávamos, em volta da mesa, alinhados na frente de batalha.

Minha avó contra meu pai. Sonhara com um genro rico, não entendia por que tantos livros, nem tinha ideia pra que serviam, não se conformava de minha mãe não ter se casado com o dono da padaria da esquina, eternamente apaixonado por ela — o que nos obrigava a comprar pão em outro lugar.

Minha avó contra a nora, que infernizava a vida do filho dela com o raio das plantas e a má comida que lhe servia, esquentando latas de salsichas quando o coitadinho chegava cansado da sapataria e dos compromissos que assumia pra satisfazer as exigências da mulher.

Meu pai e minha tia naturalmente contra a minha avó, por ela ficar enchendo o saco deles.

Minha avó tinha medo do meu pai por ele ter fama de violento; por isso pegava mais no pé da nora. Uma tarde, na escada, meu tio precisara apartar as duas numa discussão sobre deixar a caixa de correio aberta, quando começaram uma guerra de cartas molhadas.

Meu pai tentava ficar na dele, só dando bom-dia e boa-tarde quando entrava ou saía do prédio. No Natal ele bebia e descontava. Acho que se divertia. Chamava meu tio de colega e perguntava em qual faculdade havia mesmo se formado. Aterrorizava minha tia com doenças horríveis, contando, por exemplo, casos de pacientes diabéticos que periodicamente eram obrigados a amputar os membros.

— E há um detalhe curioso. Não sei se vocês sabem, mas não se pode cortar uma perna e simplesmente jogá-la fora.

— Não? — Os olhos da minha tia brilhavam.

— Há toda uma formalidade burocrática — ele continuava, com minha mãe cutucando-o por baixo da mesa. — É preciso tirar certidões, atestados, levá-la a um cemitério e fazer o enterro da perna. É a lei.

Minha tia se lembrava então dos diabéticos da família, que diabetes é uma doença hereditária, e meu pai balançava a cabeça. Nessas horas ele era o meu ídolo.

Já minha avó ele assustava contando casos de esclerose galopante, como aquele seu tio que acordou certo dia cismando ser um cachorro e comeu em tigelinhas pelo resto da vida, ou o outro que teve de ser internado por se recusar a deixar de fazer cocô no bidê. Ele era brilhante nessas ocasiões. Meu avô também o admirava.

Meu tio não gostava que lhe lembrassem que não era de fato advogado e tentava desviar o assunto voltando-se contra a mulher e desabafando, naquela noite, o ano inteiro de sonambulismos, plantas em vasos e perseguições a mosquitos madrugada adentro. Muito interessante de ver. Chegavam à mesa como dois pombinhos apaixonados numa manhã de sol, aos beijinhos, chamando-se de amor e benhê, mas terminavam a noite suados, descabelados, tensos como um trilho de trem no inverno.

Quando eu era bem pequeno, pensava que aqueles barulhos à noite, depois da ceia do Natal, lá no andar de cima, eram o Papai Noel, o trenó e suas renas, mas na manhã do dia 25 era comum ver minha tia tentando disfarçar o olho roxo com enormes óculos escuros.

Entre as crianças as brigas eram mais simples. Geralmente na véspera minha irmã já me acertara alguma coisa na cabeça e durante a ceia eu revidava contando a história do peru. Ela implorava pra que eu não fizesse isso, mas meu avô e meu pai me estimulavam, às gargalhadas, enquanto minha mãe e minha avó tentavam reprimir. É que minha irmã ficava doente com meu relato de como aquele peru, tão bonzinho, que vivia uma vida simples e feliz junto da sua família, fora parar ali na mesa. Se ela ainda não tivesse comido, perdia o apetite, se já tivesse, levantava com vontade de vomitar, mas sempre chorava. Minha mãe ficava furiosa com meu pai e comigo. Minha avó não entendia por que chorar por um simples peru, que ela própria havia matado, e, ao explicar como tinha feito a coisa, piorava muito a situação da minha irmã.

Meus tios aproveitavam a distração dos outros pra começar uma discussão interna, enquanto minha prima me apoiava contra minha irmã porque as duas tinham uma rivalidade doentia. Se o nariz de uma era lindo, o da outra era horroroso, se uma tinha peito, a outra não tinha, e por aí afora.

Por motivos parecidos, rivalidades femininas, brigavam minha mãe e minha tia. Como as mulheres do prédio, viviam às turras a respeito da limpeza das áreas comuns, ou seja, os degraus da escada – e no final quem varria e lavava tudo era a minha avó, que cansava de esperar que as duas chegassem a um acordo.

No Natal era comum ouvir minha mãe explicar tecnicamente por que a nossa parte da escada era a mais prejudicada por servir aos dois apartamentos e minha tia reagir fazendo uma coisa que matava minha mãe de raiva. Era um jeito de balançar a cabeça pros lados demonstrando superioridade, querendo dizer que uma importante funcionária do Ministério da Fazenda não deveria estar ouvindo aquilo.

Nesse ponto, pra amenizar, meu avô arrotava. Em seguida, eu. Minha tia ficava ofendidíssima. Minha avó nos ameaçava com a colher do bacalhau, gritando uns dois ou três palavrões cabeludos.

– Olha as crianças! – reclamava minha mãe.

A velha então brigava com a minha mãe a respeito de coisas que ela fizera na infância, e por aí afora, e dava tantas voltas que chegava às empregadas:

– Palavrões tu ouvirias é daquelas destrambrelhadas, se parasses um pouco na cozinha.

– É com a senhora que o papagaio aprende a falar palavrão!

– Aquele papagaio está caduco – intrometia-se minha tia.

Aí a coisa ficava realmente feia. Não se podia falar mal do papagaio na frente da minha avó. Era preciso meu tio arrastar a velha pro banheiro, antes que todos fossem parar na delegacia. Minha mãe então jogava na cara que o prédio era do pai dela e minha tia não tinha o direito de falar assim com sua mãe, e a minha tia gritava que estava ali por causa do marido, e só por isso, e que na primeira oportunidade sairia daquele barraco, e as duas já iam se pegar quando minha avó voltava, mais calma, depois de jurar ao meu tio que iria se controlar, que o jantar afinal estava acabando e não valia a pena estragar uma noite tão feliz de confraternização, e aí as duas faziam um pequeno silêncio constrangedor, só quebrado por um novo arroto do meu avô e meu pai aproveitava pra assustar minha tia com os problemas da aerofagia e os riscos de um enfarto súbito:

— Você deve arrotar também — dizia ele. — Não prenda. No Oriente é até sinal de boa educação. Vamos lá, arrote.

Ela cobria a boca com o guardanapo, confusa, querendo não estar ali, e minha mãe, cansada de cutucá-lo, explodia numa briga encubada com meu pai por ele estar dando mau exemplo às crianças, ter bebido muito e uma porção de outras coisas capazes de deixar todos em volta constrangidíssimos.

Meu tio se metia pra tentar desviar o assunto, mas minha avó mandava-o calar-se — ela gostava quando meus pais brigavam. Sempre havia uma chance de trazer o dono da padaria pra família e se garantir o pão fresco de graça pelo menos, mas aí minha tia passava pro lado da minha mãe e as duas se uniam contra os maridos, o casamento, o machismo, e se inflamavam a tal ponto que minha avó aderia e começava a brigar com meu avô por coisas que ele vinha fazendo nos últimos trinta anos, e o velho, já bem bêbado, se defendia falando uma média de três palavrões cabeludíssimos por frase e aí o negócio descambava mesmo, todos gritando ao mesmo tempo, minha irmã e minha prima se atirando abertamente caroços de azeitona e cascas de nozes e recebendo tapas das mães, que continuavam a discutir aos gritos com os homens que davam tremendos socos na mesa e...

•

De repente eu percebia que ninguém se lembrava mais de mim e me sentia esquisito.

Começava como uma espécie de indisposição emocional. Queria gritar também, mas todos já estavam com seus parceiros. Claro, podia berrar como um maluco, sem motivo, ninguém ia estranhar. Mas me calava. Havia uma barreira, uma parede de vidro entre mim e as outras pessoas.

Via suas bocas e seus braços mexendo e me sentia distante. Muito distante. Cada vez mais distante.

Estranhamento total. Quem eram? O que estavam fazendo ali? Quem era eu? Olhava minhas próprias mãos e ficava confuso.

Já tive muitos desses estranhamentos na vida e sempre arranjei um jeito de voltar à realidade, um pouco antes de ficar maluco. Naquela época eu me enfiava embaixo da mesa pra ver a calcinha da empregada.

Ninguém dava pela minha falta.

Lá embaixo as discussões pareciam uma tempestade muito alta. Eu tirava o espelho pequeno do bolso e estendia-o com o braço, entre as pernas dela. Nossa! Que coisa!

Ela circulava, tirando e colocando pratos, copos, garrafas, e eu atrás.

Às vezes, mais ousado, me arrastava de costas pelo chão e via a coisa diretamente.

•

Só uma palavra era capaz de pôr fim às dicussões, calcinhas e tudo mais:

— Presentes!

O Papai Noel estava chegando!

Havia sempre uma árvore de Natal, com lâmpadas piscando e tudo, presépio em cima da mesa de canto, meias nas janelas.

Fazia parte do ritual apagar todas as luzes e começar a gritar:

— Olha!

— É ele! É o Papai Noel!

Etc.

Ouvia-se um sino, depois a porta da rua lentamente se abria e ele entrava, fazia umas gracinhas com as crianças, deixava o saco de presentes e ia embora. Nos atirávamos aos embrulhos.

Tudo isso seria muito bonito e edificante se não fosse por um detalhe: nosso Papai Noel era bicha.

Todos os anos, depois de longas discussões, os adultos concluíam que o melhor era chamar o empregado gordinho que trabalhava na sapataria do meu tio pra se fantasiar de Papai Noel. Só que ele era bicha.

Tudo bem. Mas é que ele ficava bebendo vinho lá no apartamento do meu avô, esperando a hora de entrar em cena, e aí desmunhecava demais. Acho que a fantasia ajudava a soltar a franga.

Já chegava dando gritinhos e pulinhos, falava com voz fina, punha as mãos na cintura pra nos dar conselhos entre outras coisas... Meu avô uma vez passou mal de tanto rir e minha avó teve de empurrar o Papai Noel porta afora passando-lhe uma descompostura.

Tudo, porém, era esquecido na hora da distribuição dos presentes. Confraternização, finalmente. Amor ao próximo.

Até minha mãe perceber que por três Natais consecutivos ganhava tamancos e os atirar na testa da minha tia.

# Primeiras fugas e primeiras mortes

— Meu filho, você vai longe — disse meu pai.

A gente estava na rodoviária. Ele me colocou num ônibus pro interior do Estado. Eu viajaria sozinho pela primeira vez na vida. Minha mãe, minha irmã e uma amiga tinham ido na frente.

Ele alugara uma casa na montanha por dois meses. Todos nós precisávamos de uma higiene mental, ele disse, e fiquei imaginando minha mãe limpando minha cabeça por dentro todos os dias, como queria fazer com o meu quarto, com uma espécie de sabão pra pensamento.

Uma vez eu disse um palavrão e ela me fez mastigar um pedaço de sabão, "pra limpar a boca", por isso fiquei meio apreensivo com aquela história de higiene mental.

Eu passava por uma fase muito especial, preocupado com pedaços meus que ia deixando pra trás. Os dentes, claro, começaram aquela crise. Foi um atrás do outro. Amoleciam e pronto, caíam sozinhos, e geralmente os engolia junto com a comida, até que me disseram para colocá-los embaixo do travesseiro pra virar dinheiro.

Pedi opiniões. Minha irmã logo se ofereceu pra arrancá-los e tive de correr.

Cada um vinha com um método. E eu tentava. Alguns deram certo, outros não. Um dos melhores era amarrar o dente com um fio de náilon e prender a outra ponta na porta, bem esticado. Daí ficava vendo televisão, distraído, até que alguém entrasse. Doía, mas era rápido e de repente, quando me tocava, o dente já estava longe.

Podia também amarrar a outra ponta em algo pesado e atirar pela janela, mas aí precisava mais sangue-frio.

Pra ser devagar, me disseram que amarrasse o fio numa tartaruga.

•

A preocupação em me ver caindo aos pedaços se estendeu pras unhas. Não queria jogar fora. Toda vez que as cortava juntava num saquinho de papel. Cheguei a colocar embaixo do travesseiro, mas ninguém deu dinheiro por elas.

Depois quis guardar também o cabelo cortado. Pedia pro barbeiro não jogar fora, varrer e me entregar. Inventei que estava fazendo pincéis.

Xixi e cocô não dava pra guardar, mas me despedia deles solenemente.

Colecionava também casquinhas de ferida.

Fazia questão de fiscalizar o lixo que saía do meu quarto pra ver se não perdia nada. E o que encontrava ia guardando. Minha mãe não se importava muito, até encontrar uma bola já bem grandinha de meleca embrulhada em papel celofane verde dentro da minha gaveta.

Fez um escândalo. Houve uma reunião de família sobre o caso da bola de meleca e tive de explicar que eu vinha grudando umas às outras há algum tempo.

Minha mãe nem podia falar no assunto.

— O que você pretendia fazer com "aquela coisa"?

— Não sei. Só não achava certo jogar fora.

A ideia era juntar todas as melecas da minha vida pra saber que tamanho teria a bola quando estivesse bem velhinho, mas não disse isso a ela.

Enquanto meu pai me olhava de cara feia, explicando que o método civilizado de se tratarem as melecas era tirá-las com um papel higiênico e jogá-las no lixo, minha mãe revirava o meu quarto recolhendo minhas coleções. Eu só ouvia seus gritos:
— Esse menino é maluco! Olha só pra isso! Meu Deus, que nojo!

●

Meu avô, quando soube da história, me disse que não devia esconder as melecas embaixo das poltronas nem beber garrafas de água pelo gargalo quando alguém estivesse olhando.

●

Se cada pessoa produz em média meio grama de meleca por semana, a cada dia surgem quinhentas toneladas de meleca no planeta. Mania de querer esconder os fatos da vida.

Eu estava muito ligado a mim mesmo, a ponto de descobrir que a curva superior do dedo polegar se encaixa perfeitamente na curva inferior do nariz; que as pontas inferiores dos dedos do pé parecem bolinhas; que a pele mole dos cotovelos é uma coisa meio nojenta e que a língua parece uma dona de casa, sempre limpando a boca — coisas assim.

E já não queria dar a mão pra minha mãe na rua. Autonomia. Independência.

Com 8 anos pedi a chave de casa aos meus pais e eles deram de brincadeira. No dia seguinte uma vizinha me encontrou no ponto de ônibus com um saco de supermercado. Lá dentro havia um par de calças, duas bananas, uma lata de sardinhas e figurinhas do Batman. Disse a eles que ia pra São Paulo. Me tiraram a chave.

Uma tarde simplesmente abandonei minha mãe num supermercado. Nunca mais voltaria pra casa e ali parecia um bom lugar pra viver, abrigado, com muita comida, aqueles carrinhos pra passear entre as coisas. Pouco depois me deu fome e comi as salsichas cruas que pendiam da barraca de frios. Um fiscal me pegou. Tive de dizer meu nome e eles anunciaram no alto-falante. Maior mico. Minha mãe apareceu toda descabelada e chorando.

Eu sentia meu raio de ação se ampliando. Um processo que começara com o controle dos intestinos.

●

Lá estava eu sozinho no ônibus.
Minha mãe me esperava, aflita.
Fiquei furioso comigo mesmo por ter dormido a viagem inteira. Mas pelo menos não vomitei.
A casa ficava no alto da montanha, cercada por árvores e gramados. Acostumado com leite em saquinho e galinhas congeladas, levei um choque, aquelas bostas de boi do tamanho de bolos de aniversário e tudo o mais.
À noite, a escuridão e o silêncio total me metiam medo. Ouvia meu coração batendo lá no fundo do peito. Eu era um brinquedo de corda.
Olhar o mato à noite, da varanda, me fez sonhar com um carrinho todo envidraçado, à prova de tudo, com o qual pudesse ir pra todos os lados, ver tudo, sem correr nenhum perigo.
Durante o dia descontava o medo que a natureza me causava fazendo maldades com ela.
Desmanchava formigueiros, perseguia galinhas, arrancava folhas, quebrava galhos, assustava os passarinhos.

●

Havia uma palmeira de uns cinco metros de altura bem em frente à casa que diziam ter a idade de minha irmã.
Fiquei pensando que, se tivessem amarrado minha irmã à palmeira, bem apertado, no dia que a plantaram, cresceriam juntas e minha irmã seria a maior mulher do planeta. Não sei qual a vantagem disso, mas pelo menos ela teria ficado amarrada esse tempo todo.
Disseram que o besouro transmitia piolhos e eu os colocava no travesseiro dela à noite.
A amiga de minha irmã disse ter pavor de galinha e eu a tranquei com uma, por uma tarde inteira, dentro do quarto.
Num almoço em que serviram coelho contei a triste história sobre a vida linda que os pequenos coelhinhos brancos levam nos grama-

dos orvalhados entre as flores da primavera, junto a seus pais e irmãos, e até minha mãe chorou e me mandou pro quarto de castigo.
Eu estava encapetado.
Lá, trancado, consegui matar uma mosca de cansaço não a deixando pousar a tarde toda.

●

O sono era profundo. Tive um sonho. Eu, meu pai e meu avô corríamos, brincando de pique, em volta da mesa da sala lá do apartamento, rindo muito, até que apareceu um grande espelho numa das paredes e paramos pra ver nossos reflexos.

●

Quando meu pai chegou não o reconheci. Parecia outra pessoa. Brincalhão, jogou bola comigo, nadou no rio, passeamos. Contou as coisas que fazia quando tinha a minha idade, e fiquei imaginando uma máquina do tempo que me levasse pro passado, pra brincar com meu próprio pai.

●

Todos elogiavam meu apetite. Comia como um condenado. A não ser angu. Não podia nem ver. Até hoje acho que a palavra angústia vem de angu.

●

Uma tarde fui com meu pai comprar galinha.
Era uma casa de barro, no meio do mato. Uma velha magra e de olhos muito abertos nos atendeu.
— Disseram que a senhora tem frangos pra vender — falou meu pai.
— Tenho — disse ela, e com uma rapidez impressionante agarrou o frango que passava perto, torceu-lhe o pescoço e entregou pro meu pai.
Nunca esqueci aquilo. Quer dizer que se pode morrer assim? Por acaso? É, porque é difícil acreditar que o destino daquele frango já estivesse traçado, que estava escrito que uma família do Rio de Ja-

neiro alugaria uma casa ali perto, que essa família cismaria de comer frango ao molho pardo e fosse lá comprar o frango e que o pobre-coitado tivesse passado ao alcance da mão da velha justamente naquele momento.

Lá ia ele, de cabeça pra baixo, seguro pelos pés. Sujeito sem sorte. Chovera pela manhã e minhas botas iam pesadas de lama.

•

Quando soubemos que a velha do frango era uma rezadeira, fomos todos lá, cada um com sua doença. Meu pai e a dor permanente na coluna. Minha mãe com sua gastrite. Minha irmã e a amiga com cólicas e enxaqueca.

Eu me sentia ótimo mas como não podia ficar em casa sozinho me queixei da verruga do joelho direito. De fato, ela era horrível e parecia crescer com o tempo, alta, escura, saindo uns pelinhos. Queria me livrar dela.

A velha rezou todo mundo, mas na minha vez recomendou voltar no dia seguinte trazendo um pedaço de toucinho.

Voltei com meu pai. Ela esfregou o toucinho na verruga, falou palavras estranhas, depois saiu de casa me levando pela mão até um grande formigueiro. Jogou o toucinho pras formigas.

— Quando acabarem com ele, daqui a uns dois dias, você vai acordar sem a verruga.

Foi o que aconteceu. Juro.

Na volta pro apartamento, uma coisa boa e uma ruim.

A boa é que meu pai finalmente me deixou entrar na biblioteca.

Não dá pra descrever com palavras a sensação de estar cercado por estantes abarrotadas de livros até o teto, quando não se tem nem um metro de altura e mal se desconfia pra que servem as letras.

O mundo fica meio assustador. Todos aqueles pensamentos olhando você de cima. Um verdadeiro assalto do espírito.

•

A coisa ruim é que quando eu descia com a minha mãe pra ir pra escola encontramos meu avô morto na escada.

# As moscas
# e a vida
# após a morte

Num daqueles Natais ganhei uma bola pequena, cabia na palma da mão, preta e lisa que chegava a brilhar.

Não haveria nada demais com ela se não tivesse a propriedade de quicar sempre o dobro da altura da qual fosse jogada.

Era feita de uma espécie revolucionária de borracha sintética de impacto progressivo, uma coisa assim. Se a gente a largasse a um metro do chão, ela subia dois. Daí caía de novo e subia quatro. Não durou muito tempo no mercado. Causou tantos estragos nos apartamentos que foi proibida. Talvez tenha virado arma de guerra.

Eu era louco por ela, me trancava no quarto e ficava vendo-a quicar sem parar, cada vez mais furiosa, entre o chão e o teto, até que uma noite ela fez um ângulo torto, passou por cima da divisória e atingiu o peito de minha irmã. Não pude mais brincar com ela. Claro, eu já quebrara um vaso, o espelho do armário e o tampo de acrílico do toca-disco.

Cada vez mais insuportável vê-la lá, parada na gaveta, como um pássaro na gaiola. Certa noite, depois que todos dormiram, joguei-a na calçada pela janela da sala.

Rua deserta. Lua cheia. Madrugada. Não joguei com força. Apenas estendi o braço pra fora e larguei.

Ela quicou e subiu mais alto que o prédio.

Aí desceu, quicou de novo, e subiu mais de duas vezes a altura do prédio.

Desceu, quicou, já no meio da rua, e subiu, muito. Desceu, quicou, e já não pude ver a que altura foi. Só vi quando desceu, quicou novamente no meio da rua, só que mais pra esquina da direita, e subiu. Subiu mesmo. Nunca mais a vi.

Faz uns dez anos isso.

Se em seis meses ela já teria ultrapassado a Via Láctea, atualmente deve ter chegado aos confins do universo. Se o mundo for infinito, já sabe disso e continuará quicando, mas, se as coisas tiverem um fim, deve estar lá, cada vez mais furiosa, batendo no teto do mundo.

•

Não fiquei tão chocado quanto a minha mãe, porque custei a entender. Achei que era mais uma das sacanagens do velho. Estava de boca aberta, as moscas saindo de dentro. No final da escada, de barriga pra cima, com as pernas pro alto e o pescoço quebrado.

•

Só me lembro de ser puxado dali e levado pro meu quarto. Achei legal, porque não queria mesmo ir à aula, e fiquei imaginando como é que meu avô tinha feito o truque das moscas saindo da boca. Depois me lembrei de que ele era bom com moscas.

Foi ele que me ensinou como pegar uma com a mão no balcão do botequim. Eu ficava de pé numa cadeira pra aprender. Ela pousava. Primeiro tinha de prender a respiração, depois aproximar a mão aberta por trás, a mais ou menos um palmo de altura. Não se deve ir com a mão pelos lados porque as moscas têm olhos laterais. Não se deve avançar rápido demais, porque são sensíveis aos deslocamentos de ar. Nem devagar, porque são muito rápidas. Com a prática se descobre o ritmo certo. Deve ser um avanço contínuo. Elas pressentem os movimentos bruscos. Quando se chega a um palmo delas, *zupt*! Passa-se a mão um pouco acima — uma mosca é capaz de levantar voo em um décimo de segundo — e fecha-se. Pronto.

Meu avô pegava todas.

Eu achava mosca um bicho muito limpo porque vive esfregando as patinhas, mas minha mãe não concordava.

Esqueceram de mim lá no quarto e acabei dormindo. Depois minha irmã chegou da aula, minha prima desceu também e jantamos juntos. Meu pai apareceu então, com os olhos muito vermelhos, e se esforçava tanto pra parecer natural que fomos atrás dele pra saber o que acontecera. Tinha nas mãos um terno preto do meu avô e disse que o velho ia fazer uma longa viagem.

●

Esta vida que vivo todos os dias, desde que acordo até dormir novamente, parece grande e complicada demais pra ser um sonho, mas os sonhos talvez pareçam confusos porque só me lembro deles aos pedaços.

Talvez nos sonhos me lembre desta realidade aqui também aos pedaços e tenha a impressão de que ela é que é o sonho.

●

No dia seguinte, também não fui à aula. Me deram uma roupa escura pra vestir e me enfiaram num carro. Nunca tinha entrado num cemitério. Achei legal. Meu avô estava lá, deitado no caixão. As moscas continuavam por perto, mas agora tinham colocado um pano branco rendado sobre o rosto dele.

Não me deixaram chegar perto. Todos chorando pelos cantos, balançando a cabeça. Mas acabaram esquecendo de mim, como sempre, e me aproximei bem do velho.

Morte é como tirar a pessoa da tomada.

Quando fecharam o caixão, ainda pensei: "O velho é cheio de truques mesmo. Como é que vai respirar lá dentro?".

Uma linda manhã ensolarada. O cemitério me pareceu um lugar muito bonito, calmo e silencioso. As pessoas caminhavam caladas. Nem sabia que isso era possível.

As alamedas compridas, muito compridas, e de tempos em tempos quebra-molas. Meu pai sempre xingava os quebra-molas nas estradas mas daquela vez não fez isso. Eu é que fiquei pensando: "Será que algumas famílias têm tanta pressa de enterrar seus parentes que precisam botar quebra-molas no caminho?".

Andei, olhando os retratinhos dos outros mortos, as esculturas, os mausoléus. A coisa me parecia bem interessante.

Minha mãe diz às amigas que eu gostava de acompanhá-la ao cemitério. Vai saber.

Só fui ficar triste mesmo dias depois, quando quis falar com o meu avô e me toquei que não havia mais jeito.

•

Quando minha prima foi estudar seis meses na França, minha tia adoeceu de saudade. Pura histeria. Saudade mesmo só quando a pessoa morre. A outra é uma questão de tempo e espaço, e falta de dinheiro pra ir visitar.

Queria contar pro meu avô uma sacanagem nova, pedir pra tomar um pouco de vinho escondido, passear de mãos dadas, jogar baratas nas mulheres, e não podia. Nunca mais. No começo essa sensação chegava a doer. Fiquei triste. Mesmo. Mas o sofrimento é uma coisa íntima e não vou ficar aqui enchendo o saco.

Eu ainda não estava acostumado às desgraças.

O que sei é que antes de aquilo acontecer meus sentimentos pareciam embolados. Acho que as tragédias ensinam a gente a separar os sentimentos.

Normalmente somos duas pessoas, uma combatendo a outra, mas uma crise braba obriga a gente a criar uma unidade por dentro. É como um país em guerra civil que tem de se unir de repente contra um país inimigo.

E essa unidade interna não desaparece, só vai aumentando com a vida e com as tragédias, e vai nos tornando mais seguros.

A tal psicóloga ia gostar de ouvir isso.

●

Minha avó custou a se acostumar aos fatos. Passou semanas querendo levar um cobertor pro velho, dizendo que ele devia estar sentindo muito frio à noite, embaixo daquela laje úmida, e coisas assim. Tudo bem.

●

É claro, procurei explicações. Ouvi muito papo sobre Deus, sobre ter chegado a hora dele, sobre destino, livro das escrituras, chamado ao céu, degraus malfeitos, acidentes acontecem, escadas mal-lavadas, solas e sapatos gastos e coisas desse tipo, mas fiquei mesmo foi com a história do frango que passou perto demais da velha no momento que não devia. Vai saber...

Ouvi também muita conversa sobre vida após a morte, pecado, céu, inferno, purgatório, castigos divinos, fantasmas, almas do outro mundo, comunicação com o além e toda essa maluquice. Minha mãe me contou uma longa história sobre a lagarta que morre mas se transforma em borboleta. Acho que ela queria dizer que a morte não era tão ruim assim, mas acabou chorando no meio e fiquei triste também pelas lagartas.

O caso é que, de qualquer modo que se veja a coisa, há um instante em que a pobre lagarta deixa de ser lagarta. Pode até virar uma motocicleta, não importa. Como lagarta ela morre mesmo. A gente é que fica torcendo pra que ela se lembre, quando vira borboleta, de que um dia foi lagarta. Não sei se isso é importante. Vida após a morte então só funciona se a gente se lembrar desta vida aqui. É uma questão de memória. Mas se com a idade a pessoa vai perdendo justamente a memória... Assim fica difícil.

Prefiro acreditar que estou sonhando e que acordarei um dia num outro sonho, e então estarei morto pra esta vida e ficarei assim, pulando de sonho em sonho.

Ou então que existo porque estou sendo sonhado por alguém que quando acordar me matará.

Ou que durante a vida criarei uma consciência que resistirá à morte. É como aquela história dos foguetes subindo pro espaço. Vão subindo e soltando os pedaços mais pesados. Vou criando consciência e deixando pra trás os pedaços mais pesados, até que quase não precisarei mais do corpo. Daí então, quando me tirarem da tomada, continuarei com a consciência e entrarei com ela em outros mundos, sem corpo, e então poderei voar, como nos sonhos, e assombrar as pessoas pra me divertir.

Ou que depois de morto vou pra qualquer lugar que for capaz de imaginar. As pessoas acabam no inferno porque passam a vida criando o inferno, esperando o inferno. Se eu não acreditar nele, não há como ir pra lá. Minha paranoia é morrer de repente, numa fila de supermercado. Tenho medo de passar o resto da eternidade numa fila de supermercado, com aquele monte de carrinhos abarrotados na minha frente e todas aquelas senhoras com talões de cheque. Por isso quando estou numa situação dessas fico o tempo todo imaginando lugares lindos, praias, vinhos, mulheres, pra tal velha do frango não me pegar desprevenido.

E assim por diante.

•

Cuspi sangue. Preciso ir correndo pro banheiro.

# Primeiro perigo:
## os padres

Quando me vi livre na biblioteca do meu pai, entrei logo embaixo de sua escrivaninha. Foi uma das coisas mais importantes que me aconteceram na infância. Encontrei uma meleca.

Eu vivia embaixo dos móveis.

A escrivaninha ficava em um canto. Muitas vezes vi meu pai atrás dela, cercado de papéis e livros.

A meleca era recente, colada na parte de baixo da gaveta do meio. Fiquei olhando pra ela ali do meu canto escuro, ao lado da cesta de lixo, filosofando.

Quer dizer que ele também? Que toda aquela conversa de papel higiênico...?

•

Minha mãe dominava os filhos com a Onipresença e meu pai com o Raio Exterminador.

Enquanto ela estava sempre por perto e sabia de tudo, ele era chamado pra resolver os casos especiais. Tomar uma injeção, por exemplo. Eu me recusava, claro, preferia morrer, essas coisas, até que ela gritava pra ele vir ajudar.

Sem uma palavra, ele me jogava na cama e me segurava. Não havia o que fazer. Não conseguia nem me debater. Aquela força descomunal me esmagava sem deixar nenhuma possibilidade de resistência.

Com o tempo nem precisava mais da presença dele. Bastava minha mãe chamá-lo e eu já ia arriando as calças.

Quando ele berrava lá da biblioteca, a casa inteira tremia e até a cachorra se escondia embaixo da poltrona.

Sempre distante, trancado lá entre os livros, fazendo coisas misteriosas, soltando frases que eu só entenderia semanas ou anos depois. Tudo nele era grande. Um dia entrei no banheiro e o vi pelado. Fiquei até desanimado. Eu nunca ia conseguir ficar com o meu daquele tamanho.

A maioria das palavras que ele usava eu não entendia. As pessoas o respeitavam muito. Tinham medo dele.

O vizinho, dono da oficina, quase nos matou queimando ácido de bateria à noite. Os vapores subiam pelo respiradouro interno do nosso prédio e a gente inalava aquilo enquanto dormia.

Pedimos, ameaçamos com a polícia, com processos, essas coisas, mas o homem ganhava um bom dinheiro com aquilo e não havia como fazê-lo parar.

Depois da morte do meu avô, ele se tornou ainda mais abusado. Até que uma manhã meu pai desceu, entrou na loja e o ameaçou com uma arma. Eu nem sabia que meu pai tinha revólver.

Dizem que o homem se borrou nas calças, mesmo, e parou de queimar o tal ácido.

É verdade que meses depois tornou a fazer aquilo e aí meu pai, pra não matá-lo, mandou fechar o respiradouro com um tapume de madeira na sexta-feira à noite. Quando o sujeito abriu a loja na segunda, os vapores ácidos acumulados durante o fim de semana haviam destruído todos os papéis, as baterias, o telefone, o ar-condicionado, tudo. Aí ele parou.

Investigando essa história, descobri que meu pai tinha porte de arma e possuía uma carteira que lhe dava uma autoridade maior que a de um policial. Eu o admirava cada vez mais, porém era uma admiração distante, muito distante, que até me oprimia.

Mas aí encontrei a meleca e comecei a gostar dele de verdade.

●

Consegui vaga a uns dois quarteirões de casa e minha mãe então se convenceu de que eu já podia ir sozinho pro colégio.

Estudava à tarde. O começo foi doloroso. Doloroso mesmo. No primeiro dia de aula, um garoto resolveu me bater.

Eu sempre fui magro e baixo. O infeliz me bateu mesmo, me empurrou, caí de quatro no pátio, ralei os joelhos, chorei. Um mico completo.

Uma semana depois, tarde chuvosa, fui com o guarda-chuva comprido do meu pai. Na correria da saída, quando o garoto estava no alto da escada, enfiei o cabo entre as pernas dele. Chegou a sair do chão uns três palmos, depois caiu de cabeça e rolou os degraus. Deslocou o osso do nariz, quebrou uma costela e se ralou todo.

Assim que ficou bom me pegou na saída e me arrebentou todo. Apanhei no estômago, no ouvido e meu queixo se abriu. O sangue escorreu. Não chorei.

Duas semanas depois, vi a mão dele junto à dobradiça e fechei a porta da sala. Gritou assim que começou a doer, mas continuei fechando, devagar, e lhe quebrei dois dedos.

Aí ele entendeu. Eu podia ser fraco, magro e baixo. Mas era mau.

Ficamos amigos. Aos sábados eu ia pra casa dele brigar. Ele atendia a campainha e a gente se embolava na sala. Não valia soco nem nenhuma maldade exagerada. Só empurrões, imobilizações, puxões de cabelo, essas coisas. No meio da tarde, a mãe dele servia guaraná com sanduíches de presunto e manteiga. Moravam ao lado da padaria, aquela cujo padeiro poderia ter sido meu pai e o pão estava sempre quente. Depois do lanche, a gente voltava a brigar até quase de noite. Foi meu melhor amigo durante um tempo, e como ele era o mais forte da turma ninguém mexia comigo.

●

O trajeto até a escola era uma aventura. Às vezes eu era o Homem-Aranha, ou o Super-Homem, mas quase sempre o Batman.

Outras vezes o negócio era pisar só nas pedras pretas, ou ir em linha reta o tempo todo, ou contar quantos passos dava desde a porta de casa até o portão de ferro da escola.

Quando chovia muito, a rua enchia e no dia seguinte havia uma lama preta amontoada na calçada pelos moradores. Um dia escorreguei e voltei pra casa coberto de lama.

Num certo verão, choveu tanto que a rua ficou cheia quase uma semana. Eu ia pra escola numa espécie de jangada feita com pneus velhos que o empregado da oficina improvisou pra ganhar um dinheiro extra. Juro.

No trajeto havia também as paradas obrigatórias. Na volta sempre entrava na lanchonete de um português amigo do meu avô e pegava um caramelo. No fim do mês, meu pai passava lá e pagava.

Um dia descobri, num buraco no tronco de uma árvore do caminho, uma pequena lagarta escura, parada. Cutuquei. Morta. No dia seguinte lá estava, no mesmo lugar. E passei a reparar nela todas as tardes, até que vi uma pequena rachadura na parte de cima. Ela havia secado e se tornado marrom, mas a rachadura era clara. E aumentava a cada dia. Alguma coisa aconteceria por ali.

Foi numa segunda-feira. Passei bem na hora. O corpo seco da lagarta estremeceu e começou a rachar. Vi tudo. As duas bandas ressecadas se abriram e lá de dentro saiu uma coisa cheia de pernas. O corpo lembrava o da lagarta, só que bem menor e coberto por uma espécie de capa. Perdi a aula. Fiquei olhando. A capa foi se desdobrando. O bicho se sacudiu e abriu as asas. Não era das borboletas mais bonitas, mas saiu voando numa felicidade contagiante.

●

Lembro também do cheiro dos materiais da escola quando estavam novos. Dava vontade de comê-los.

●

Lá no prédio as coisas voltavam a se normalizar depois da morte do meu avô. Bom pra fazer a pessoa perder a auto importância e ficar mais humilde é lembrar a ela que depois de morta será esquecida. É chato. Coisas da vida. Mas não há o que fazer a esse respeito.

Meu avô, por exemplo, terá uma segunda morte quando a última pessoa que o viu vivo sobre a Terra morrer também. Meu neto ainda ouvirá histórias sobre ele. Depois, pronto. Acabou. Tudo bem. Provavelmente isso não tem a menor importância.

Mas naqueles tempos ainda se falava muito sobre ele, lembravam suas sacanagens. Dizem que nunca foram vistos tantos fiscais num enterro.

Todos falavam bem dele. Alguém disse que quando uma pessoa é boa os cães não a mordem e as crianças a adoram. Meu avô era desse tipo.

Elogiavam tanto o velho que uma tarde, quando minha professora pediu um exemplo de português correto, na aula de redação, eu respondi:

— Meu avô.

●

Minha avó aos poucos foi se acostumando com a ideia. Ficamos preocupados com a saúde mental da velha, mas quando começou a reclamar do preço do enterro vimos que estava melhorando.

A velha quase morreu também quando soube do preço da missa de sétimo dia. Aí o padre foi compreensivo e disse haver um jeito de ficar mais barato, que estava se usando muito e já não representava nenhuma vergonha: missa de sétimo dia coletiva. O padre rezava uma missa encomendando as almas de uma porção de gente de uma só vez e no final lia a lista de nomes. Encomendas de almas por atacado. É isso aí. Mais uma oferta da sua igreja. É assim que funciona.

O que me espantava é que todos criticavam, falavam mal, mas continuavam respeitando aqueles rituais malucos. Antes de conhecer a palavra *hipocrisia* eu já sabia o que ela significava.

Até hoje me faço perguntas simples. Será que a morte tem sempre que estar ligada a alguma religião? Por que não se pode simplesmente oferecer um vinho aos amigos, ser enterrado e pronto?

●

Meus pais, por exemplo, não eram católicos praticantes. Aliás, nunca iam à igreja. Mas me batizaram e, quando cheguei a certa idade, me obrigaram a fazer a primeira comunhão. Eu nem sabia o que estava me acontecendo.

Um sábado minha mãe me levou à igreja do bairro e me entregou a um sujeito muito magro, careca, com olhos azuis brilhantes. Era muito cedo, eu estava em jejum, e já achei aquilo estranho porque ela nunca me deixava sair de casa sem comer. Chegava a ponto de me atirar bananas pela janela.

O homem me levou pra uma ala lateral da igreja. Havia uma mesa comprida lá, já cercada por umas vinte ou trinta crianças da minha idade, aí nos deram pão com manteiga e chocolate quente. Achei legal. Depois o padre falou muito, mas não prestei atenção, até ele começar a fazer mágicas com barbantes cortados e jornais amassados que voltavam a ficar inteiros, essas coisas, e a gente se divertiu.

No sábado seguinte não reclamei ao ser acordado pra ir à igreja. Depois do lanche ele repetiu as mágicas e no final distribuiu uma folha de papel pra cada um. Na folha estavam desenhados dois corações com tinta preta, um ao lado do outro.

– Para cada ato bom que vocês fizerem, marquem um ponto azul no coração da direita – ele disse. – E um ponto vermelho no da esquerda para cada ato mau.

E todos os sábados continuaram aquelas reuniões lá na igreja e ele conferia os corações e nos falava sobre o pecado. Eram as aulas preparatórias pra tal primeira comunhão, nas quais o padre explicaria que todas as coisas que eu gostava de fazer, ou que sonhava fazer um dia, eram pecado.

O infeliz encheu minha cabeça de problemas que eu não tinha. É isso aí. Foi o que ele fez. Deu-nos um livrinho chamado "Catecismo". Eu estava ligado nos super-heróis e quando ouvi aquelas histórias de ressuscitar os mortos, subir aos céus, dividir os mares e andar em cima da água achei legal. Aliás, andar em cima da água ainda acho ótimo. Pode-se ganhar um monte de meninas com uma coisa assim. Mas é um bocado difícil.

O padre falava, falava, enchia o saco, eu não entendia nada e não queria estar ali. Quando ele dizia que no princípio era o verbo eu pensava que depois viriam os adjetivos, os pronomes e tudo mais. É verdade. Não tinha a menor formação religiosa. Ao contrário.

Mas o tal padre mágico era bom no serviço que fazia. Com um mês daquilo, eu já estava impressionado de verdade. O coração da esquerda se enchia de bolinhas vermelhas, e a culpa me fazia anotar até as más ações passadas.

Pisava no rabo da cachorra, ponto vermelho. Falava ou pensava um palavrão, ponto vermelho. Tirava a televisão da tomada quando minha irmã estava jogando *videogame*, ponto vermelho. E assim por diante. Quando o sábado se aproximava e eu olhava a folha de papel, corria a fazer boas ações, pra contrabalançar a coisa. Varria o quarto, ponto azul. Dava descarga depois de fazer xixi, ponto azul. Catava pulgas na cachorra, ponto azul. Cheguei até a ajudar uma deficiente visual a atravessar a rua puxando-a pela mão, contra a vontade dela. Achei que isso merecia cinco pontos azuis.

Mas mesmo assim o coração da esquerda se enchia de pontos, cada vez mais. Andei uns dias preocupado, até decidir colocar uma porção de pontos azuis falsos no coração da direita. Pus uns trinta logo de uma vez. E, pra compensar essa má ação, marquei um ponto vermelho no da esquerda. Eu já estava pegando o espírito da coisa. A igreja me ensinou muito.

Marcaram finalmente a data pro ritual da primeira comunhão. A essa altura já me envolvera com o negócio todo. O padre então contou sobre a confissão. Na véspera eu teria de me ajoelhar diante de uma espécie de guichê e contar todos os meus pecados.

A confissão servia pra que eu, na hora da primeira comunhão, quando recebesse a hóstia, estivesse com a alma pura. Pelo menos foi o que eu entendi. Disseram que o corpo de Jesus estaria dentro dela, e que, se a colocasse na boca com a alma cheia de pecados, aquela bolacha de farinha viraria sangue. Caramba, aquilo me assustou de verdade.

Quando chegou a minha vez de confessar, suava muito. Ajoelhei e contei uma porção de coisas. Não dava pra ver o sujeito lá atrás da treliça, só alguns resmungos. Tudo bem. Ele não pareceu muito impressionado. Me mandou repetir várias vezes duas ou três rezas que tive de ler no tal catecismo e fui pra casa.

•

Minha maior preocupação era me manter sem pecados até o dia seguinte, o domingo da tal primeira comunhão. Mas o diabo é que antes de chegar em casa um amigo me chamou da janela pra ver o que ele achara no lixo.

Quando entrei no quarto dele, pegou debaixo do colchão uma revista de mulher pelada. Nossa! As folhas estavam soltas. Cada um ficou com metade. Não me segurei. Beijei as mulheres, em várias partes delas e tudo. Foi mesmo. Fiquei malucão. Tudo bem. Só depois me lembrei de que certamente aquilo estava na lista dos pecados. E dos mortais. Quase tudo entre mulher e homem estava na tal lista, a não ser talvez fazer compras e ir à missa.

Cheguei em casa arrasado. Havia colocado uma tranca no quarto, por dentro, pra minha irmã não me encher o saco quando estivesse a fim de ficar sozinho. Entrei embaixo das cobertas e fiquei quietinho, trancado. Talvez assim conseguisse não pecar mais até o dia seguinte. Minha mãe foi obrigada a passar o prato da janta por cima da divisória.

Tempos depois ela me disse que ficou tão impressionada com aquela minha atitude que pensou que eu seguiria a carreira religiosa. Eu estava era só querendo me livrar de tudo aquilo.

No domingo pela manhã vesti o uniforme. Bermuda azul, camisa branca de manga curta e cinto com uma fivela azul, os sapatos horríveis e o maldito par de meias três-quartos que ficou descendo pelas canelas todo o tempo. Ah, e uma vela enorme, quase da minha altura. Maior mico. Saí assim de casa, morrendo de vergonha.

Não prestei atenção ao que o padre falou. E ele falou pra caramba. Estava preocupado demais em levantar as meias e por ter beijado as mulheres da revista.

Quando chegou a hora de colocar as hóstias na boca da gente, todos nos ajoelhamos em linha diante do altar. Eu tinha certeza de que ela viraria sangue na minha boca. O sangue escorreria. Todo mundo ia saber. A igreja inteira olhando pra mim, o sangue de Cristo escorrendo da minha boca.

Pensei em fugir, sair correndo, mas minhas pernas tremiam demais. Não houve jeito. Lá estava eu, de boca aberta. O padre veio vindo, enfiando as pequenas panquecas na gente, até chegar a minha vez. Deixei-a sobre a língua, parada. Talvez, se não mexesse, derretesse naturalmente e o sangue não saísse.

Aí aconteceu uma coisa esquisita. Fiquei revoltado. "Que se dane!", pensei, e esmigalhei a hóstia contra o céu da boca. E acabei mastigando. O padre prevenira. Mesmo com a alma pura, não se devia mastigar. O sangue. Mastiguei e engoli.

Como eu desconfiava, não saiu sangue nenhum.

Estavam a fim de me enganar.

●

Minha mãe conta que no domingo seguinte acordei todo mundo pra ir à missa.

Ela disse que eu acompanhei toda a missa pelo catecismo, ajoelhei e rezei nas horas certas e tudo mais.

No domingo seguinte, foi ela que me acordou pra ir à missa e eu disse:

— Pra quê? Eu só queria saber como funcionava na prática.

# Construindo um outro eu

— O livro é a melhor embalagem para se conservar o espírito — dizia meu pai.

Ele era ótimo nas frases.

A biblioteca dele era então um depósito de umas dez mil embalagens. Eu passava as manhãs inteiras lá dentro, sozinho, vasculhando cada canto, tomando cuidado pra colocar tudo de volta nos seus lugares.

Aprendi a ler muito depressa. E lia qualquer coisa, geralmente sem entender nada.

— Os livros são como janelas.

E eu me debruçava sobre dicionários, enciclopédias, revistas, livros de todos os assuntos, poesia, medicina, direito, romances. Nem sabia do que tratavam. Apenas os abria ao acaso e lia, maravilhado com a minha ignorância.

Até então grudado na tevê e no cinema, recebia aquela porção de imagens e as esquecia pouco depois, mas quando lia um livro elas não saíam da minha cabeça. Duravam mais. Não vinham prontas.

Havia um mundo infinito de ideias ali, e a única forma de encará-lo era com o pensamento livre.

Que diferença da igreja...

Outro dia num ônibus escutei duas pessoas conversando. Uma dizia pra outra que o único livro verdadeiro era a Bíblia, porque tinha sido escrito por Deus. Todos os outros eram obra do demônio, pra confundir os homens. Então tá. E existe mesmo gente que passa pela vida tendo lido apenas a Bíblia. É uma tragédia. Então todo aquele esforço da humanidade pra conservar seus espíritos era bobagem? O que eles querem? Todos pensando igual, lendo apenas um livro, agindo da mesma forma? O mundo não duraria uma semana. O que será que eles pensam? Vai saber.

Não. Na verdade nem pensam. É como aquele militar que vi na tevê outro dia:

— Meu pensamento é o pensamento oficial.

É isso aí.

O padre mágico não gostava quando eu ou alguém fazia perguntas do tipo:

— Se Deus é onipresente, por exemplo, e onisciente, como o senhor diz, se ele é o responsável por tudo, então também criou o mal?

Ou:

— Se o tal Deus é todo-poderoso mesmo, por que não acaba logo com o diabo?

Não dava pra entender, a não ser que a coisa fosse como nas histórias em quadrinhos, com o herói, Deus, precisando ter um vilão pra combater, senão perdia a graça. Mas, se era só uma história, então por que levá-la tão a sério?

Isso aprendi com meu avô. Toda crença que não resiste a uma boa sacanagem é uma bobagem. Quer dizer, quem precisa se levar a sério demais é porque não está seguro do que está fazendo. Não tem erro.

Caramba, e aquele padre levava aquilo tudo a sério mesmo... Um dia ficou furioso comigo porque eu disse que, se Deus castigava as pessoas, então ele era como eu, que criava minha cachorra pra ficar puxando o rabo dela.

O pessoal riu. Ele ficou nervoso e se enrolou na explicação. Acabou dizendo que era assim mesmo, que Deus era como um grande pai que às vezes tem de castigar o filho.

"Quer saber de uma coisa?", pensei, "Então meu pai é mais legal que Deus. Pelo menos não me castiga. Só conversa".

E aquele Deus do padre caiu no meu conceito. Quer dizer que me criava pra depois ficar vigiando, lendo meus pensamentos, julgando, castigando. Sai pra lá.

Sou muito mais meu pai, que outro dia sentou do meu lado e disse:

— Escuta, eu nunca fui pai. Você nunca foi filho. Estamos em experiência. Vamos tentar acertar.

●

Bom, mas deixa o padre pra lá. Era a profissão dele. Tudo bem. O importante é que agora eu podia entrar na biblioteca. E cada embalagem daquelas continha um pensamento diferente. E eles ficavam ali, lado a lado, sem problemas. Uma igreja do livre pensamento.

●

Havia muito tempo, eu tinha descoberto naquele prédio um canto que se tornara só meu, um lugar desconhecido de todos. Ficava no térreo, numa espécie de porão, com uma portinha de madeira podre, um buraco que meu avô fizera pra instalar a bomba d'água mas que acabou como depósito de madeira velha.

Um dia passei por baixo das tábuas que entulhavam a entrada e descobri um espaço lá atrás, muito pequeno. Só dava pra ficar agachado. Mas era meu.

Sem ninguém perceber, tirei as madeiras velhas do interior, deixando apenas as da frente, de maneira que ao passarem por ali não viam diferença nenhuma. Quando eu queria entrar, era só afastar um pouco as duas tábuas do canto e pronto.

Levei pra lá uma lanterna de pilhas, um tapete, uma almofada, garrafa d'água e um pacote de biscoitos. Depois que dei de cara com uma ratazana imensa lá dentro, passei a me preocupar em não deixar nenhum farelo.

O mundo inteiro cabia lá. Era a caverna do Batman, o refúgio do alpinista esperando a tempestade de neve passar, a trincheira de um soldado solitário e ferido, um túmulo egípcio que aprisionara um arqueólogo e assim por diante.

E foi ali que tentei dar vida ao meu Golem.

A história começou na biblioteca. Claro. Eu lia de tudo e saía de lá impressionado, com a imaginação fervendo.

Livros de poesia me faziam poeta, reproduções de pintura me tornavam pintor, e por aí afora. Depois de ler um livro sobre invenções do começo do século XX, virei inventor. Criei uma pilha com um vidro grande de maionese que conseguiu acender uma lâmpada de lanterna. Fiz um telescópio com um pedaço de cano velho e um par de óculos. Projetei um motor a explosão movido a milho de pipoca. E uma torradeira a pedal. Coisas assim. Até ler sobre o tal Golem.

Era um livro muito velho. O autor tinha um nome estranho, Gershom Scholem. Ele explicava como dar vida a um boneco.

Só anos depois compreendi direito. Parece que no século XII alguns rabinos, uma espécie de padres judeus, da seita Chassidim, quiseram dar vida a um boneco de barro, um Golem, como o tal Deus tinha feito com Adão. Dizem as más-línguas que eles queriam mesmo era arranjar um empregado sem ter de pagar. Uns afirmam que aqueles rabinos foram uns loucos, outros garantem que conseguiram o que queriam, e a coisa acabou virando lenda, ninguém sabendo a verdade, como sempre. E começaram a surgir aqui e ali pessoas tentando criar um Golem, cada uma com seu método. Como sempre.

Folheei o tal livro, li a contracapa e a orelha, e naturalmente fiquei pensando em fazer o meu. Na verdade teria me esquecido da história toda se minha irmã não tivesse trazido, naquela mesma noite, um vídeo do Pinóquio em desenho animado. Achei que era uma mensagem pra mim.

Procurei na biblioteca tudo o que tivesse a ver com Golem. Não havia muita coisa, além dos verbetes das enciclopédias.

Eu não tinha barro. De qualquer forma, me pareceu que o material não importava muito. Pinóquio fora feito de madeira, e o tal

Frankenstein a partir de um cadáver. Pensei em usar as madeiras lá do meu esconderijo, mas dar vida a pau podre podia ser mais difícil. Conseguir um cadáver também seria complicado.

Passei semanas procurando, até perceber que a solução estava ali, perto de mim, o tempo todo. Como sempre. Aos pés da minha cama, havia um baú com restos de brinquedos, foi só revirá-los pra encontrar vários pedaços de super-heróis.

Eu havia lido que, ao receber a vida, o boneco se transformava, crescia, engordava e virava ser de carne e osso.

Com cola e arame, montei meu boneco. Tinha as pernas e a cabeça do Batman, o tronco do Homem-Aranha, um braço do Thor, com martelo e tudo, e o outro do Super-Homem. Os quadris eram do incrível Hulk, com aquele *short* verde todo esfarrapado. Ficou muito doido.

O processo de dar vida à matéria inanimada, como ensinava o Scholem, era mágico, secreto, misterioso e cabalista. Cabala era uma espécie de religião dos judeus, secreta, cheia de simbolismos, que aplicava os poderes das letras e dos números. Portanto, eu teria de trabalhar longe dos curiosos, afastado da família. Fui pro porão, claro.

Acomodei meu boneco sobre a almofada e comecei os trabalhos.

Todas as manhãs, depois do café, quando meus pais iam trabalhar e minha irmã estava na escola, descia as escadas, rápido como quem rouba, e ficava lá brincando de Deus.

•

O primeiro método que empreguei foi o descrito pelo próprio Scholem em seu livro. Parecia simples. Apenas escrever a palavra *EMETH*, que na língua dele queria dizer "a verdade de Deus", e colá-la na testa do boneco.

O coitado ficou lá com o papel na testa por três dias, e nada.

O livro era muito complicado. Não tive paciência de ler tudo. Peguei apenas o sentido da coisa. A ideia era que certa palavra daria vida ao Golem. Segundo a cabala, determinada combinação de letras teria o poder de dar vida. Talvez a palavra variasse para cada caso, por isso *EMETH* não dera certo comigo.

Nas semanas que se seguiram, aproveitei todas as oportunidades que tive pra entrar lá no porão e falar com o boneco. Li quase um dicionário inteiro pra ele. Nada. Daí pensei que não precisava ser exatamente uma palavra que fizesse sentido. A cabala dizia uma combinação de letras. Falei logo *abracadabra*, pra poupar tempo, mas é claro que as coisas nunca são fáceis assim. Não adiantou nada. Aí levei pra lá as peças de um jogo chamado Palavra Cruzada: todas as letras do abecedário. Fiquei sorteando ao acaso e lendo. Nada.

Acreditava estar no caminho certo e, embora o boneco nem piscasse, insisti e passei todo um mês embaralhando letras. Nada.

Como eu não sabia nem de quantas letras se formava a tal palavra mágica, as possibilidades de combinações eram infinitas. Desisti. Poderia estar lá no porão até hoje. Tentei bastante, pra ver se o acaso me ajudava. Nada. Mas tudo bem.

O problema é que passar tanto tempo naquele buraco úmido estava me deixando mal. Fiquei pálido, com alergias terríveis no nariz e acessos de bronquite. E, pra piorar, aquela expressão de mistério no rosto, meio amalucada.

Eu desconfiava que todo mundo queria saber o meu segredo, e comecei a não querer falar com as pessoas sobre assunto nenhum. Achava também cortar unhas, escovar os dentes e tomar banho uma perda de tempo pra um sujeito com uma tarefa tão grandiosa.

Minha mãe me levou a um médico, mas me recusei a abrir a boca porque achei que ele ia descobrir meu segredo lá dentro.

Receitou umas vitaminas.

Continuei.

Concluí que talvez não fosse a palavra a causa verdadeira, e sim o sopro. Quando se fala, se sopra. O tal padre mágico repetira várias vezes a expressão "o sopro da vida".

Passei muitas manhãs soprando o infeliz. Soprava a cabeça, os braços, as pernas, e depois tudo junto, e nada, até que um dia desmaiei de tanto soprar e só acordei com os gritos da minha mãe me chamando pra almoçar e ir pra escola.

Do jeito que a coisa ia, além de não dar vida ao boneco, ainda perderia a minha.

Inventei de soprar, falar palavras mágicas ao acaso e dar voltas em sentido horário. O lugar era apertado e tinha de girar o corpo agachado. Ralei todo o joelho. Nada.

Tentei concentrar o sopro na boca do boneco. Nada.

Já no desespero, levei lá pra baixo o ventilador de pilha do carro do meu pai e liguei a toda a velocidade. O boneco se mexeu!

Com os nervos meio estragados, dei um pulo de susto e bati a cabeça no cimento do teto. Fiquei com a testa roxa. Fora o vento forte demais que fizera o boneco se mexer, claro. Idiota. Desisti do sopro.

Aqueles malditos simbolismos. Por que não diziam logo como fazer a coisa? Talvez quando falassem de sopro da vida quisessem dizer respiração. O Scholem mesmo afirmava que o primeiro indício de que o boneco se transformara num Golem, que estava vivo, era a respiração. O sopro no caso era o dele, e não o meu. Burro.

Bem, pra respirar era preciso oxigênio. Então roubei umas plantas da minha tia e enchi o buraco de plantas.

Em quinze dias, estavam todas mortas. E o boneco mais morto que elas. Parecia um velório.

Aí voltei atrás.

Certo, inspirar era trazer a vida pra dentro de si. Expirar era transmitir a vida — o tal sopro. Era eu quem tinha de transmitir a vida a ele. Se ele não tinha vida, como ia respirar sozinho. Imbecil.

Achei então que a teoria do sopro estava certa, faltava era fé. E pra ter fé nada como um bom ritual.

Levei velas, uma espada de brinquedo, giz pra escrever palavras mágicas nas paredes e até santinho de igreja. Estava mesmo desesperado. E pra falar a verdade já nem me lembrava pra que queria um Golem. Bem, talvez pra fazê-lo trabalhar pra mim, preparar sanduíches, fazer dever de casa, ou mesmo deixá-lo tão parecido comigo que pudesse ir no meu lugar aonde eu não quisesse ir. É isso, construir um outro eu. Um que ficasse lá na mesa, no meio das discussões, enquanto o verdadeiro via, à vontade, a calcinha da empregada da minha tia. É isso aí.

Aqueles pensamentos me reanimaram.

Os rituais místicos também não adiantaram nada. Na maioria das vezes eu dormia no meio e um dia quase botei fogo em tudo derrubando as velas. Decidi que a coisa precisava ser mais profunda. Se queria criar um sósia, um clone, tinha de me envolver mais. Doar, de verdade, um pedaço de mim, do meu espírito ou o que quer que fosse, pro tal boneco. Claro. Transmitir uma parte da minha própria vida pra ele. Aí começou a fase da mentalização.

Já não falava, não dava voltas, não acendia velas nem soprava. Apenas levei uma outra almofada e fiquei lá, olhando nos olhos dele, manhãs inteiras, durante semanas seguidas. Tudo bem, concordo que estava era ficando maluco, mas, de verdade, aconteceu. Juro. O braço do Thor se mexeu.

Eu me concentrava de verdade. Já estava até gostando daquilo. Conseguia ficar horas e horas olhando fixo prum ponto qualquer do corpo do boneco. Verdade. Até que o braço com o martelo se mexeu. Tá bom, não tenho como provar. Não tem importância.

De qualquer maneira, nada mais aconteceu. Nada mesmo. Fiquei ainda uns dois meses lá, olhando pra ele. Nada.

Coisas estranhas ocorreram nessa fase. Tive dois sonhos que me deixaram morrendo de medo.

Num deles eu via o meu buraco lá no porão, mas com os olhos do Golem. Eu estava bem em cima da almofada, como ele ficava sempre, e olhava em volta, as paredes rabiscadas de giz, a lanterna pendurada no prego, o pacote de biscoitos no canto e, bem na minha frente, olhando pros meus olhos, eu, eu mesmo, com a minha cara de idiota.

O outro sonho foi ainda mais terrível, e me fez desistir de tudo. Simplesmente abri o olho e lá estava ele, olhando pra mim, em pé, do lado da cama.

Um pouco mais alto, mas já de carne e osso.

Com as mãos na cintura, a cara do tamanho de um ovo. A minha cara!

Era um sonho real. Juro. Olhava em volta e estava tudo lá, o meu quarto, a cama, a janela.

O Golem sacudiu a cabeça e ia sorrir, mas fiquei tão assustado que acordei. Acordei na mesma posição e vendo as coisas que via no sonho. Só que o Golem não estava mais lá.

Parei com aquilo.

Não tive coragem nem de voltar lá no buraco.

Dias depois uma tempestade de verão fez a rua encher. As águas subiram muito, mais de um metro, invadiram o apartamento da minha avó, alagaram todo o térreo e entraram no porão.

A última vez que vi o Golem, ele estava na calçada, no meio de uma pilha de lixo, cercado de lama preta. Tentei passar sem olhar, mas não deu. Não vou dizer que ele piscou pra mim.

Mas. Sei lá. Tudo bem.

Amanheci com febre no dia seguinte. Passei a tarde vendo tevê, um programa educativo em que explicavam o processo de fabricação do vinho e como, por meio da fermentação, surge todo um processo de vida microscópica que se expande até formar um novo ser.

A fermentação acontece quando as coisas se estragam. É a natureza fazendo a vida voltar em corpos mortos.

Lembrei do boneco no lixo. Talvez então o processo fosse aquele, deixá-lo fermentar no meio do lixo.

Agora ele iria adquirir vida longe de mim e, como o Frankenstein, um dia voltaria pra me pegar.

Caramba, levei muito tempo pra tirar aquilo da cabeça.

# Investigando o passado

— O que você vai ser quando crescer? — as pessoas perguntavam.

"Um sujeito estranho", eu pensava.

É. Não me sentia muito normal, não. Fechado em mim mesmo, até conseguia ser normal por fora, mas por dentro me assustava com a falta de limites.

Tinha uns hábitos esquisitos. Achava, por exemplo, muito mais emocionante catar pulgas na cachorra do que jogar *videogame*.

A família contribuía bastante. Minha tia detestava que jogassem bola na rua, chamava a polícia, e quando uma bola caía dentro do prédio ela furava, por isso os garotos da rua não gostavam de mim. Eu ficava olhando-os divertirem-se por trás da cortina da janela do meu quarto.

Justo nessa fase meus pais resolveram consertar o que a natureza havia feito comigo. Cismaram de me colocar óculos e aparelho nos dentes. Não foi fácil. Eu já não andava nada bem e aquilo quase foi o meu fim.

Primeiro os óculos. Um oftalmologista descobriu que eu tinha astigmatismo e precisava tratar, apesar de eu enxergar perfeitamente bem. Escolheram uma armação enorme, pesada. As porcarias das lentes embaçavam toda hora. Quando chovia não sabia o que fazer com aquilo na cara. Se já existia a impressão de haver uma parede de vidro entre mim e as pessoas, agora a coisa era real.

Em seguida, voltaram-se contra os meus dentes. De fato, não havia um na posição certa, mas o conjunto não era tão mau assim, não me incomodavam, serviam pra mastigar e certamente eu não dependeria do sorriso pra ganhar a vida. Ninguém queria saber a minha opinião. Um dentista sanguinário e sua massa de tirar moldes quase liquidaram comigo.

Com as malditas lentes sempre embaçadas, eu não via direito. Com os ferros na boca, não podia falar. Justo na fase em que precisava me voltar pra fora.

Quando lia nas lojas a placa PROIBIDA A ENTRADA DE PESSOAS ESTRANHAS, tinha certeza de que estavam se referindo a mim.

Foram meses muito ruins. A vida era uma porcaria sem sentido. Não havia motivo pra continuar respirando.

Fiquei tão deprimido que cheguei a perder o apetite. Algumas vezes joguei meu prato de comida direto na privada. Não queria servir de intermediário.

Pensei em morrer. Li na enciclopédia que ocorrem cerca de 40 mil tempestades por dia no planeta, com uma média de cem raios por segundo, e a cada dia de chuva ia pra aula na esperança de que um deles me fulminasse.

O máximo que conseguia em matéria de otimismo era a vontade de morrer só por um tempo. Não precisava ser definitivamente, não. Só um pequeno intervalo. Ouvi uma conversa da minha tia sobre sonoterapia, um tratamento psiquiátrico em que a pessoa dormia até um mês seguido. Era mais ou menos isso o que eu queria. Não, melhor ser congelado. Por uns dez anos. Congelado de óculos e aparelho, pra que, quando acordasse, estivesse sem astigmatismo e com os dentes certos.

Num sábado daqueles, vi na televisão um filme em que o menino descobria que tinha sido adotado. Seus pais não eram os verdadeiros.

Fiquei pensando naquilo. Talvez fosse isso. Tinham me adotado, não gostavam de mim, por isso todas aquelas maldades.

Cheguei ao fundo do poço. Só, abandonado, cego e mudo. E correndo perigo.

Quem me salvou foi um detetive.

Ele era o herói de uma série de livros que meu pai colecionava. Um sujeito durão. O tempo todo batiam nele, levava tiros, não tinha amigos, vivia sem dinheiro. Mas nunca conseguiam vencê-lo. No final sempre virava o jogo a seu favor.

Li toda a série, um atrás do outro, e concluí que, se ele conseguia, eu também poderia conseguir.

Em primeiro lugar, precisava me livrar dos óculos e do aparelho móvel. Assim que punha os pés na rua, guardava os dois no bolso. Quando entrava no prédio, os colocava de volta. Sozinho no meu quarto, tirava novamente. Eu os usava apenas pra família, como um disfarce. Aliás, a armação dos óculos era igualzinha à do Clark Kent.

É claro que me sentia culpado. Os velhos estavam gastando dinheiro com aquilo, essas coisas, mas era uma questão de sobrevivência. Por outro lado, talvez não fossem meus pais. E assim por diante.

Meses depois me levaram ao oftalmologista. Voltei a fazer o exame de vista e recebi elogios:

– Parabéns. Seu grau de astigmatismo está diminuindo. Continue usando os óculos.

Tudo bem. Não precisava mais me sentir culpado. Eram todos uma cambada de malucos. Malucos perigosos. Cada um por si.

Com o aparelho foi a mesma coisa. O dentista queria dizer que o trabalho dele ia bem e me elogiava pelos rápidos progressos e por usar o aparelho. É isso aí.

A estratégia seguinte foi ir deixando de usar os óculos e o aparelho também dentro de casa. Aos poucos. Bem lentamente, pra família ir se acostumando a me ver sem eles.

Funcionou. Tempos depois, ninguém ligava mais. Acabaram esquecendo. Quando marcavam consultas, eu adiava, inventando provas, grupos de estudos, coisas assim.

Até que uma tarde, no caminho pra aula, joguei um envelope de papel pardo no meio da rua.

Primeiro foi um ônibus. Passou com os pneus da frente e os de trás. Depois alguns carros. Um caminhão de três eixos. Outros ônibus.

•

— O que você vai ser quando crescer? — continuavam perguntando.

"Detetive", eu pensava, mas dizia advogado, engenheiro, coisas assim, porque um bom detetive nunca abre o jogo.

Minha segunda missão foi investigar se era mesmo adotado ou não.

Comecei interrogando os velhos indiretamente. Pedia pra me contarem sobre o meu nascimento, a data, o local, como é que foi, quem estava lá, alguns detalhes estranhos, cada um separadamente, pra ver se os pegava em contradição.

Eles se contradiziam, é claro, mas só há pouco aprendi que, se a gente faz a mesma pergunta a duzentas pessoas, recebe duzentas respostas diferentes.

Sondava também os meus tios e a minha avó e a coisa se complicava mais ainda. Concluí que era adotado. Só precisava de provas.

Ousei mexer na escrivaninha do meu pai, a única parte que continuava proibida na biblioteca. Desenvolvi uma técnica perfeita de colocar as coisas no mesmo lugar. Tão perfeita que ele nunca percebeu. Não achei nada, apenas um pacote de revistas de mulheres peladas. Quase perdi o rumo das investigações.

Aos poucos vasculhei todas as gavetas da casa, examinei cada pilha de papel. Nada.

É claro que já vira minha certidão de nascimento, lá estava o nome dos meus velhos, mas isso não queria dizer nada. Não conseguiriam passar pra trás, com aqueles truques infantis, um detetive esperto como eu.

A estratégia seguinte foi vagar pela casa às escondidas, quando todos pensassem que eu estava em meu quarto dormindo. Tinha experiência naquilo. Dava boa-noite a todos e dali a meia hora voltava e me escondia atrás do sofá.

Não consegui nada. Ouvi coisas muito estranhas, palavrões que só entendi há pouco tempo, brigas, intrigas.

Certa noite, eu estava sob a cama dos meus pais, eles começaram a brigar lá em cima. Se engalfinharam a ponto de ficar arfando. Acho que tiveram um princípio de asma. Fiquei na minha. Eles lá se entendiam.

Ninguém falava sobre mim.

Talvez o segredo fosse tão importante que mesmo na minha ausência não se atreviam a comentar.

Parti pro andar de cima. Certamente meus tios sabiam a verdade e não deviam ser tão cautelosos.

Durante o dia, inventava um pretexto pra visitar minha tia. Lá no apartamento dela, pedia pra ir ao banheiro quando sabia que ele estava ocupado e, como dizia ser uma emergência, ela me mandava pro da empregada, que ficava na área de serviço. Lá, eu destrancava o fecho de dentro da janela.

À noite, todos dormindo, subia no tanque lá de casa, punha o pé na junção do cano de água da parede, alcançava o parapeito do muro da área interna do andar de cima, firmava o pé nele, abria a janela e pulava pra dentro do banheiro da empregada.

O apartamento deles era igual ao nosso, por isso conseguia me guiar facilmente no escuro.

Não descobri nada, a não ser que meu tio dormia com o dedão do pé direito enfiado entre os dedos do pé esquerdo. Fiquei tão impressionado com aquilo que às vezes acordo com os dedos assim.

Também me enfiei embaixo da cama deles. No meio da noite, meu tio se levantou pra ir ao banheiro e quase pisou na minha mão. Na volta começou a brigar com a minha tia, coitada, que devia estar dormindo. Ele sacudia o corpo dela. A coisa estava ficando séria, eu já pensava em intervir, quando ela gritou pra ele colocar a camisinha. Mesmo brigando, ela era carinhosa, não queria que ele se resfriasse.

Mas todo aquele esforço não estava me servindo de nada. Talvez a noite não fosse o melhor momento e resolvi arriscar de verdade.

Fui pedir um pouco de açúcar à minha tia e, quando ela foi pegar, roubei a chave da porta. No dia seguinte, pela manhã, entrei no apartamento deles e me escondi embaixo da cama. Claro, é de dia que as pessoas conversam.

Meu tio costumava vir da sapataria pra almoçar em casa quase todos os dias e depois tirava um cochilo. Certamente conversariam sobre alguma coisa no quarto.

Cheguei lá bem cedo, assim que ele saiu. Ouvi minha prima se aprontar e sair pro curso de inglês, depois minha tia regou as plantas, conversou com elas e saiu também.

Lá debaixo da cama dava pra ver o banheiro. Às onze horas a empregada surgiu, com sua saia curta, trazendo balde, detergente e pano. Entrou no banheiro e deixou a porta aberta.

Ela achava que estava sozinha na casa. Ajoelhou e começou a esfregar o pano no chão, pra lá e pra cá. Meu Deus. A calcinha. Juro. Eu pude ver tudo, como nunca tinha visto. E aí ela levantou e se inclinou pra lavar a banheira por dentro. E ficou de costas pra mim. Caramba. Eu mal podia respirar.

Aí as investigações tomaram outro rumo mesmo. Pra dizer a verdade, esqueci completamente aquela história de ter sido adotado. Não fazia a menor diferença.

Todas as manhãs entrava com a chave roubada no apartamento dos meus tios e me escondia embaixo da cama deles. Às onze horas em ponto, ela chegava. Sempre com a saia curta. Eram os quinze minutos mais felizes da minha vida. Aquilo era um motivo pra viver.

Com o tempo passei a levar água, biscoitos, travesseiro e uma revista de mulher pelada pra matar o tempo e ir criando o clima.

Tudo acabou quando minha tia resolveu trocar a fechadura da porta. Achou que um ladrão havia roubado a chave.

Enlouqueci.

Precisava entrar lá de novo.

Desesperado, voltei a usar o truque de pular pelo banheiro da empregada. Só que resolvi fazer isso às seis da manhã, um pouco antes de todos acordarem, pra não precisar passar a noite toda embaixo da cama deles e não correr o risco de não ser encontrado em cima da minha.

Era verão. Noites calorentas. Quando saí do banheiro de serviço notei a porta do quarto da empregada meio aberta. Avancei pela parede, mais grudado que uma lagartixa, e olhei lá pra dentro. Ela estava nua.

É isso aí. Nua.

Meu coração fazia um barulho dos diabos. Mas ela não acordou. Eu não conseguia deixar de olhar. Nunca tinha visto assim, ao vivo.

Perdi o juízo. Abri mais um pouco a porta e me aproximei.

Ela se mexeu um pouco na cama. Não me importei. Perdera a noção do perigo. Estendi a mão. Precisava tocar. Nem que fosse a última coisa a fazer na vida. Precisava tocar de qualquer maneira. Precisava mesmo, sem brincadeira.

Estava cansado de apenas ver as coisas. Estava cansado de ser um espectador. Precisava tocar.

Avancei devagar. Ela se contorcia e, lá nos sonhos que sonhava, parecia feliz.

Não estava dando nem pra respirar. Simplesmente estendi a mão e a toquei com a ponta dos dedos.

Seu corpo estremeceu, mas ela continuou dormindo. Fiz um carinho desajeitado. Ela não acordou. Virou de bruços. Recuei, apavorado. Avancei de novo e toquei pela segunda vez. Depois não aguentei mais e saí.

Corri pro banheiro, e já ia pular pela janela quando escutei, horrorizado, minha mãe já lá na nossa cozinha, bebendo água.

Meu pai entrou em seguida.

Todos acordados. Eu estava perdido.

Precisava pensar rápido.

# Segundo perigo: os médicos

Minha prima foi acusada de ter esquecido a porta aberta a noite toda e ficou de castigo.

Minha mãe me achou muito prestativo por ter acordado cedo pra pegar o jornal lá na caixa do correio, mas disse que não precisava, não era bom sair da cama assim, de pijama, e pegar a umidade da escada.

— Está bem, mamãe. Não faço mais. — E me senti melhor.

De fato não fiz. Foi demais pra mim. Não consegui dormir por várias noites. Cheguei a ter febre. Mas dali em diante não deu pra pensar em outra coisa.

Recortava as fotos das mulheres nas revistas e colava nas paredes do meu quarto.

Uma simples tesoura me fazia pensar numa mulher abrindo e fechando as pernas.

Enfim a realidade se tornara mais atraente que o meu mundo interno.

●

Uma vez a irmã da empregada que trabalhava lá em casa veio nos visitar e passou a noite. De tarde elas tiraram um cochilo e quando fui lá no banheiro de serviço vi as duas na cama, uma com a cabeça pros pés da outra, e achei que sexo era aquilo.

Depois, no tal sítio, passeava com meu pai quando vimos um cavalo tarado em cima de uma égua. O velho ficou sem graça e disse que o cavalo estava com as patas da frente machucadas, por isso a égua tinha entrado por baixo pra ajudá-lo a andar. Então tá. Mas então pra quê aquilo enfiado lá? Um pino de segurança pra não escorregar?

Claro, eu sabia que havia nascido de algum buraco da minha mãe, mas não me importava qual nem como fora parar lá. Achava o mundo tão perverso comigo que não ligava a mínima em saber como havia chegado nele, e sim que agora era tarde demais, estava ali, tinha de me mexer e arranjar motivos pra continuar respirando.

Claro, fiquei espantado quando tomei banho com a minha irmã e mais ainda quando via fotos de mulheres peladas. Havia a tal diferença, mas pensei que talvez as meninas fossem homens retardados em quem mais cedo ou mais tarde a coisa cresceria.

Eu estava preocupado demais com meu próprio corpo pra pensar no dos outros.

E por falar nisso estou bastante preocupado com ele agora também. Quando penso que o miserável do dente parou de sangrar, sinto aquele gosto horrível na boca. Tenho de bochechar com água oxigenada de novo.

●

Só eu mesmo pra passar um *réveillon* assim. Enquanto todos se divertem fico aqui, cuspindo sangue. Espero que não seja verdade aquela história de que o que nos acontece nos primeiros minutos do ano irá se repetir o ano todo.

Não é que eu não esteja acostumado com o meu sangue. Já vi bastante dele.

As primeiras vezes foram os sangramentos pelo nariz durante a noite. Duas ou três vezes por semana, acordava quase morto, com o sangue coagulado me sufocando. Minha mãe me arrastava pro banheiro, arrancava aquelas placas duras e jogava na privada. Ninguém sabia o motivo.

Claro, começaram as peregrinações pelos médicos. Minha tia conhecia uma porção deles e convencia minha mãe a ir a todos.

– Quem tem mais de um médico não tem nenhum – dizia meu pai.

Ele era bom em frases, mas não fazia nada pra impedir que as coisas acontecessem.

E me enfiaram todos os tipos de objetos pelo nariz, até concluírem que eu sofria de um desvio de septo acentuado que necessitava cirurgia. Nada grave. Podia ser feita no próprio consultório. Só me lembro que o que doeu mesmo foi a anestesia. Uma seringa enorme veio se aproximando por trás e apaguei.

Passei dias respirando pela boca, com chumaços de algodão cheios de sangue coagulado enfiados no nariz, tentando ver tevê por um espelho, já que a cabeça tinha de ficar pra cima todo o tempo. Uma semana olhando pro teto.

A cicatrização ficou ótima, todos disseram que a operação fora um sucesso. O médico me deu tapinhas na cabeça. Alguns dias depois, acordei empapado de sangue.

Houve um certo desespero na família.

Os médicos nunca erram. Quem erra é a doença ou o doente. O que me operou balançou a cabeça negativamente e concluiu pela necessidade de uma nova cirurgia, mais profunda. O caso estava se complicando.

E eu entraria de novo na faca se minha avó não descobrisse o problema:

– Ó pá, mas o menino está é a bater com o nariz no armário.

De fato. Tudo começara quando resolveram mudar a posição dos móveis, trazendo o armário pro lado da cama. Durante a noite, eu me mexia muito, e de vez em quando acertava a cara no armário. Voltamos os móveis à posição anterior e as hemorragias pararam. Tudo bem.

Depois foi a história da tartaruga.

Meu pai chegou da rua com uma tartaruga de mais de um palmo de comprimento.

Ela vivia na área. Levava um dia inteiro pra ir da cozinha até o banheiro de empregada, e uns dois dias de lá até a sala. Gostava de ver tevê, a maluca. Juro. Quando escutava o som do aparelho, vinha se arrastando e parava entre o sofá e a cesta de revistas pra ficar assistindo. Pra uma contemporânea dos dinossauros até que ela se adaptava bem ao meio.

Comia apenas folhas de alface e couve, mas mesmo assim acabavam esquecendo de alimentá-la. Quando li pra minha mãe que as tartarugas podem ficar até semanas sem comer ela se sentiu menos culpada.

Minha tia fez uma campanha violenta a respeito das terríveis bactérias assassinas que as tartarugas transmitem, mas ninguém deu bola.

Era um bicho acomodado. A única coisa que me incomodava era saber que duraria uns trezentos anos, o que significava que todo mundo por ali morreria antes dela.

Achei que conseguia viver tanto por fazer tudo muito devagar e resolvi imitá-la. Por um dia inteiro, fiz tudo em câmera lenta, me arrastando pela casa, até concluir que não havia vantagem nenhuma em chegar aos 300 anos daquele jeito.

Um dia meu grupo de Ciências na escola teve de falar sobre os répteis.

Eu tinha horror de falar em público. Tenho até hoje. Mês passado, precisei dar uma aula de Geografia. Valia pra nota e tudo. Era sobre o canal de Suez, por que fizeram, quando, pra quê, essas coisas. Comecei a perder o apetite uma semana antes. Aí decorei o que era pra falar. Queria chegar lá na frente de todo mundo e desandar a falar sem parar, como um gravador, sem olhar pra ninguém, bem rápido, daí não conseguiriam me interromper pra fazer perguntas e a coisa acabava.

Dois dias antes, perdi o sono. Fiquei me virando na cama como um bife na chapa. No caminho pra aula, pensei em fugir de casa, de todos, do país, me internar na Floresta Amazônica, queimar as impressões digitais com ácido e virar índio.

Fui repetindo sem parar tudo o que sabia sobre a droga do tal canal de Suez, mas, quando o professor me chamou e fiquei lá na frente, ao lado dele, pronto: deu o branco total. Era como se nunca tivesse ouvido falar do canal de Suez. Não sabia nem de que matéria era aquela aula. Pra dizer a verdade, não sabia nem o meu nome.

Completamente desesperado, vi minha boca abrir e começar a falar. Não sei como. Cheguei até o fim.

O problema é que até agora, volta e meia, começo a pensar no canal de Suez e o texto vem todo à minha cabeça. Acho que não vai dar pra esquecer. Forcei demais o programa e ele não sairá mais do computador. Tudo bem. Vai ser difícil, mas talvez um dia consiga encaixar o maldito canal numa conversa e impressione uma menina.

Não sei como descobriram que eu possuía uma tartaruga e me escolheram pra falar pelo grupo.

Levei então a coitada pro colégio, dentro de uma caixa de sapatos.

Não era muito difícil. Tinha apenas que descrever as partes e dizer pra que serviam. As patas, pra locomoção. O casco, pra proteção. E assim por diante.

É claro que a essa altura, virada prum lado e pra outro, a pobre infeliz já estava havia muito tempo recolhida dentro do casco; por isso, quando encostei o dedo indicador de um lado e disse "Daqui sai o rabo", o que saiu foi a cabeça e ela mordeu meu dedo.

Os dentes da tartaruga são como duas lâminas de aparelho de barbear, uma em cima, outra embaixo. E ela consegue ser muito rápida quando quer. Tem também uma garganta bem funda, porque recolheu a cabeça pra dentro do casco novamente e levou metade do meu dedo junto.

Espirrou sangue por todo lado.

A tal psicóloga disse que ali começou a minha fobia por falar em público. Assim é fácil.

Doía pra caramba e eu não podia chorar porque a turma inteira estava me olhando.

A tartaruga só não me decepara o dedo por causa do osso. Seus dentes cortaram a carne dos dois lados e ficaram presos no osso.

Ela não soltava de jeito nenhum.

O professor me levou pra enfermaria da escola. Todos os colegas vieram junto, claro. Logo depois tocou o sinal do intervalo e a notícia se espalhou. O colégio inteiro veio ver o idiota com o dedo preso na boca da tartaruga. Nunca ouvi falar de um mico mais completo.

Ligaram pros meus pais. Minha mãe apareceu lá em cinco minutos. Ficamos eu, ela, o médico e uma faxineira que limpava a enfermaria quando cheguei. Foi ela que colocou o balde pra aparar o sangue que pingava.

E os adultos começaram.

O médico queria amputar a ponta do dedo. Verdade. Talvez nunca tivesse outra chance como aquela. Minha mãe insistia em matar a tartaruga.

— Como se mata uma tartaruga? — o médico dizia. — A senhora por acaso sabe? É preciso serrar o casco. Isso leva tempo. Seu filho tem de tirar o dedo de dentro dela imediatamente. Cada segundo que passa, aumenta o risco de infecção.

Do outro lado da janela, via a cabeça dos meus colegas. Choravam de rir. É isso aí.

Não aguentei e abri o maior berreiro.

O médico começou a ferver o bisturi. Minha mãe segurava seu braço:

— Não vai cortar o dedo do meu filho. Não vai mesmo!

A faxineira resolveu ajudar:

— Tartaruga é um *probrema* quando morde. Agora só *sorta* na lua cheia.

Isso seria dali a uns vinte dias.

Lá de fora a velha da cantina gritou:

— Não. Ela só solta quando ouve trovão.

O médico tornou a colocar o bisturi no lugar. Minha mãe estava se tornando perigosa.

— Mas, minha senhora, precisamos de um serrote.

— Arranjem um serrote! — ela berrou pro pessoal lá fora.

— Na obra da esquina! — alguém gritou.

— Vai demorar muito — insistiu o médico. — Eu não me responsabilizo.

— Meu filho não vai perder o dedo.
— É uma cirurgia simples. Depois tentaremos o reimplante.
— Não se atreva.
— Qual o seu santo, dona? Acenda uma vela pra Iansã.
E assim por diante.
Doía demais. Não ia dar pra esperar eles acabarem com aquilo.
Estendi o braço pra frente, coloquei a tartaruga numa posição de bola e dei-lhe um chute de verdade. Ela voou longe, bateu na parede e caiu no chão.
Meu dedo ficou junto comigo. Mas podia ver o osso no meio daquele sangue todo. Depois não vi mais nada.

•

Sangue mesmo, meu, vi na operação de amígdalas que me fizeram.
Não, eu não precisava operar, mas minha irmã estava tendo problemas de garganta e o médico faria um bom desconto se operasse os dois. Fora a economia com quarto de hospital, honorário de anestesista e diária de acompanhante. Todos acharam um ótimo negócio. Amígdala era uma porcaria que não servia pra nada e sempre acabava dando problema mesmo. É isso aí. É assim que funciona.
A coisa já começou a doer uma semana antes, com as injeções pra exame de sangue, testes de coagulação e coisas assim.
Tinha apenas uma vaga ideia do que fariam comigo, mas como o sofrimento da minha irmã era maior isso compensava.
Ficamos no mesmo quarto de hospital, em camas separadas, sem comer nada. Apenas líquidos.
Um homem todo de branco entrou. Ele era legal. Brincou com a gente e disse que uma mosca picaria nosso braço.
Primeiro ela picou a minha irmã, mas o homem ficou na minha frente e não vi nada.
A seringa era grande pra caramba e fiquei apavorado quando ela veio se aproximando, mas a agulha era bem pequena e doeu mesmo como uma picada de mosquito. Em seguida, fiquei doidão.
Achei tudo lindo. As paredes do hospital, a seringa. Depois uma nuvem muito branca entrou por baixo de mim e me levou. Eu estava

no céu, tudo muito azul à minha volta, e eu naquela nuvem que parecia um chumaço de algodão. Ela era macia e eu flutuava.

E flutuando entrei na sala de cirurgia. Daí veio uma seringa de metal imensa e achei tudo ótimo. Me enfiaram aquilo nas costas e não senti nada. Achei lindo. Só lembro das luzes do teto se apagando de repente.

Acordei com a roupa empapada de sangue. Olhei pro lado e minha irmã estava em pior estado ainda. Caramba, eles tinham pegado pesado dessa vez. Quis gritar pra ela, ver se estava morta, mas não consegui falar.

"Descobriram que joguei o aparelho dos dentes embaixo do ônibus e agora cortaram minha garganta pra que eu não possa falar mais mesmo", pensei.

Em seguida, meus pais e o médico entraram no quarto. E uma enfermeira, pra limpar o sangue da gente.

— Essa hemorragia é perfeitamente normal no pós-operatório.

Se a gente tivesse morrido, ele teria dito no mesmo tom de voz:

— Morrer é uma coisa normal no pós-operatório.

Daí ele mostrou minha amígdala dentro de um vidro de maionese. Eu não estava muito interessado. Todo o meu corpo doía.

— Vamos dar pro gato — meu pai disse.

•

A recuperação durou um mês.

Às vezes a coisa voltava a sangrar. Foi um mês sem ir à aula, deitado o dia todo, encostado nas almofadas, vendo tevê e tomando sorvete. Tudo tem suas compensações.

Minha amígdala ficou lá no vidro, na estante do meu quarto, mas esqueci de colocar álcool e estragou.

Não ficou uma coisa bonita de ver.

# Terceiro perigo:
# o amor dos pais

Alguém precisava escrever uma espécie de Manual de Sobrevivência Familiar. Sério.

Claro, faziam aquilo tudo por amor. O amor pode ser uma coisa muito perigosa.

Um manual que organizasse um pouco as coisas pra uma pobre criança vítima do amor dos pais.

•

Eu me defendia como podia.

A tranca por dentro da porta do meu quarto era muito útil. Quando a barra pesava, levava lanche, água e penico. Durante a noite, jogava o xixi pela janela em cima do carro do meu tio. Na manhã seguinte, ele chamava a polícia pra dar uma dura nos garotos da rua. Coisas da vida.

Costumava ficar trancado lá quando, por exemplo, queriam me obrigar a visitar um casal de amigos que tinha dois filhos bestializados, mais velhos, grandes pra caramba, que se divertiam muito me batendo.

Assim que ouvia marcarem a visita, já me preparava. Quando começavam a se arrumar, me trancava no quarto.

Meu pai ameaçava botar a porta abaixo, mas derrubaria toda a divisória de madeira e depois teria de mandar fazer outra. Acabavam indo sem mim.

Um dia fizeram os escândalos, as ameaças, anteciparam os castigos, e, como sempre, desistiram. Escutei a porta da rua bater. Fiquei na cama, saboreando o triunfo por uns vinte minutos, depois saí pra ver tevê.

Estavam escondidos na cozinha. Pularam em cima de mim e me arrastaram escada abaixo.

●

Um Manual de Sobrevivência Familiar que ensinasse, por exemplo, a técnica de disfarçar um bocejo que cisma sair justamente quando seu pai está lhe dando uma bronca séria: aperte o bocejo contra o céu da boca, deixe-a bem fechada, encha os pulmões de ar e expire pelo nariz que o bocejo sai junto.

Ou como ficar escutando seus familiares falando horas e horas sem desconfiarem que você está pensando em outra coisa: treine diante do espelho uma expressão de vivo interesse até que ela seja automática; quando começarem a falar, balance periodicamente a cabeça pra cima e pra baixo e intercale exclamações curtas como:

— É mesmo?
— É.
— É, sim.
— Verdade?
— Não é possível.
— Que mundo esse.
— Sei.
— Não sabia.
— Que coisa, hem?
— Onde é que vamos parar?

E assim por diante. Mas, se a pessoa desconfiar que você não está prestando atenção, pegue uma frase qualquer que ela tenha dito e inverta, transformando em pergunta.

— A padaria está fazendo um pão horrível, cheio de bromato.
— Quer dizer que a padaria está colocando bromato no pão? Isso é horrível.

Um manual que ajudasse a criança desde cedo. Que ensinasse a gente como mamar sem morder demais pra que não nos tirassem o peito. Quando parar de fazer manha pra não acabar no cercadinho. Quando parar de brincar em frente à tevê antes de levar aquele safanão do pai que chegou furioso do trabalho e está a fim de descansar a cabeça. A não sujar no piquenique a última fralda descartável, pra não voltar pra casa com o pano de pratos engordurado entre as pernas. A dar um pequeno crédito de confiança aos pais e não enfiar o dedo na tomada nem engolir moedas. A vomitar sempre no ombro da mãe, e não no próprio berço. Coisas assim.

Um manual desses teria me ajudado muito quando passei pra 5ª série e comecei a estudar de manhã. Aí então as coisas começaram a ficar realmente difíceis.

A sensação de angústia começava no domingo à tarde.

Geralmente ela me pegava vendo tevê, lá pelas cinco horas, antes do lanche. Uma angústia indefinida, que piorava à medida que a noite se aproximava.

Na manhã de segunda-feira, a coisa explodia. Acordava chorando.

Assim que minha mãe começava a me sacudir pra acordar, eu chorava. E não parava mais. Um choro compulsivo, com soluços e tudo.

Nada me doía. Não conseguia explicar. Mas não parava de chorar. Tomava o café chorando.

O colégio não era longe. Ia chorando todo o tempo. No começo as pessoas da rua estranhavam, constrangiam-se, mas acabaram se acostumando.

Um bom ensinamento pra constar no Manual de Sobrevivência Familiar é que ninguém presta muita atenção na gente. Cada um pensa basicamente em si mesmo. Isso é bom. Deixa a gente mais à vontade. Nós é que achamos que está todo mundo nos olhando.

Entrava no colégio chorando, morto de vergonha, fazendo um esforço danado pra parar de pagar aquele mico. Porém, quanto mais ficava nervoso com a situação, mais chorava.

Não custou muito – pouco mais de duas semanas – pros amigos cansarem de rir da minha cara e pros professores – depois de, claro, comunicar o fato à diretoria e passar a responsabilidade adiante – se conformarem em continuar dando aula com aquele infeliz chorando que nem um idiota lá atrás, sem parar.

E chorava copiosamente durante toda a primeira aula.

Com o tempo, passei a conseguir prestar atenção à matéria, fazer as anotações no caderno, participar dos grupos de estudo e tudo mais, enquanto chorava.

Vinha a segunda aula e eu continuava chorando.

Sentava num canto isolado, pra não perturbar os outros. Ensopava dois ou três lenços diariamente, a ponto de precisar torcê-los no banheiro.

Claro, muitas pessoas – todas, aliás – em algum momento me perguntavam o que eu tinha.

Eu balançava a cabeça de um lado pro outro, sacudia os ombros e chorava, chorava.

Depois da segunda aula, vinha o primeiro intervalo, de vinte minutos. No começo me escondia, pra continuar chorando, na biblioteca, mas acabaram me expulsando porque meus soluços eram muito altos. As pessoas são capazes de fazer essas coisas com a maior gentileza. Tudo bem.

Como não adiantava me esconder pelos cantos, me acostumei a entrar na fila da cantina chorando e a comer e beber chorando. Chegava a molhar o cachorro-quente. Uma nojeira. A coisa que mais detesto no mundo é pão molhado. Sou capaz de pegar num cocô de cachorro na rua, mas fico todo embrulhado quando vejo um pão molhado na calçada. Verdade.

Ninguém queria ficar do meu lado, naturalmente. Eu estragava o dia da pessoa. Era o famoso espanta-bolinho. Quando chegava perto de um grupo, todo mundo disfarçava e saía de fininho. Eu ficava lá no meu canto, isolado. Chorando.

Voltava pra terceira aula às nove e meia. A essa altura, já estava com a cara doendo, principalmente os olhos. E a barriga e o peito também, por causa dos soluços e tudo. Isso me deixava cansado mesmo. Fazia um sacrifício danado pra ficar acordado, prestando atenção à aula. Não aguentava. A cabeça caía pra frente. Irresistível.

Desenvolvi então uma técnica que deveria constar do Manual de Sobrevivência Familiar. É muito útil quando você acabou de almoçar que nem um tarado e aquela tia doida cisma de lhe contar a história da vida dela: cochilar de olho aberto.

Fixe seus olhos nos olhos da pessoa que está falando. Mantenha os seus bem abertos enquanto vai desligando o pensamento aos poucos. Deixe a cabeça balançando pra frente e pra trás, suavemente, em movimentos constantes, bem lentos e curtos, pra pessoa achar que você está concordando com ela o tempo todo. Dá pra cochilar assim. Juro. Eu conseguia.

Com a prática, você pode chegar a unir essa técnica àquela de responder ou falar alguma coisa quando o outro desconfiar que você não está prestando atenção. É um procedimento complexo, mas é possível. Cochilar e soltar automaticamente uma frase curta que encaixe no assunto do outro. Uma pessoa pode chegar a presidente da República sabendo fazer uma coisa dessas.

Eu não corria esse perigo porque nenhum professor me perguntava nada. Evitavam até me olhar. Podia ficar chorando lá no meu canto a aula inteira.

De repente, às dez horas, acordava do meu cochilo de olhos abertos e já não chorava.

Pelo contrário. Me sentia muito bem.

Na aula seguinte, estava esperto, perguntando coisas ao professor, soltando piadas, fazendo toda a turma rir.

E então chegava o segundo intervalo e eu virava o capeta.

Jogava chiclete no teto pra cair no cabelo das meninas. Furava a fila da cantina, deixava a tampa da mostarda desatarraxada. Organizava concurso de baba.

É melhor explicar isso. Reunia uns cinco ou seis amigos, cada um com seu refrigerante, formava um círculo num canto da quadra de futebol de salão e começávamos a bochechar um gole de refrigerante. Bochechávamos até formar uma baba bem grossa. Daí inclinava a cabeça pra frente e a deixava cair, bem devagar. Não podia deixar arrebentar. Ganhava quem deixasse escorrer o fio de baba mais longo, mas tinha de puxar depois de volta pra boca senão perdia. É uma das maiores porcarias que conheço. Pode acreditar.

Às vezes ia parar na secretaria por começar uma guerra de tampinhas de refrigerantes, e teve aquela vez que entrei na sala de música pela janela e fiquei tocando piano. Ganhei uma suspensão por tocar piano fora de hora. Se tivessem feito isso com Beethoven quando era novo, não sei, não.

Bem, é isso. Chorava de segunda a sexta, das sete às dez.

•

A família precisava tomar uma providência, claro, não dava pra fingir que não estava acontecendo nada.

Me levaram a um médico, um clínico geral. O sujeito apalpou minha barriga, colou o ouvido nas minhas costas e enfiou um palitinho de picolé na minha garganta. A coisa que mais odeio é que me enfiem aquelas coisas na garganta. O troço ainda está a um metro e já sinto vontade de vomitar.

Requisitou exames de fezes, urina e sangue.

Eu não estava numa maré de sorte. O laboratório de análises clínicas era perto do colégio e coloquei o pote com as fezes da manhã dentro da minha mochila pra deixar lá antes da aula. Dentro do ônibus, o pote abriu e emporcalhou livros e cadernos.

Na segunda tentativa, consegui chegar com o cocô e o xixi, e como prêmio me deram uma injeção no braço e encheram a seringa de sangue. O médico podia não estar me curando, mas pelo menos agora havia motivos pra chorar.

O exame de sangue quase matou minha mãe do coração. O laboratório acrescentou por engano três zeros ao resultado dos glóbulos brancos e ela me abraçou chorando, achando que eu tinha leucemia. "Pronto, meu amigo, agora acabou mesmo", pensei. "Você se estrepou de verdade. Que coisa mais sem sentido essa tal de vida." Mas meu pai esclareceu tudo.

Já o médico, mal leu os resultados. Na certa ganhava uma porcentagem do laboratório por cada infeliz que mandava pra lá fazer exames. É assim que a coisa funciona. Me receitou vitaminas e um calmante fraco.

As vitaminas me deixaram excitado, cheio de energia. O calmante cortou o efeito das vitaminas, daí fiquei na mesma.

•

Alguém disse a minha mãe que eu tinha era encosto. Olho grande.

Saímos uma sexta-feira à noite atrás de um rezador. Ele morava numa casa de vila, lá nos fundos. A casa estava caindo aos pedaços, dava pra ver as estrelas pelos buracos no telhado.

Um velho, negro, muito magro, com barba e cabelos brancos, nos atendeu. Havia santos católicos e entidades da umbanda pendurados na parede, em cima das mesas, pelos cantos da casa. Só duas velas iluminavam o lugar e foi me dando um medo danado.

Minha mãe explicou o que estava acontecendo comigo. Ele me olhava de alto a baixo, balançando a cabeça. Tinha os olhos saltados e sem brilho. Disse então que incorporaria o caboclo Sete-Flechas. Tomou um grande copo de cachaça, acendeu um charuto e começou as rezas. De vez em quando, dava uns pulos pra trás e ficava com o corpo todo tremendo, os olhos fechados, falando palavras incompreensíveis. Quando voltou a falar normalmente, sua voz havia mudado. Não era a dele. Sério. Não vinha de dentro dele.

A expressão do rosto também mudou. Tomou mais um copo inteiro de cachaça. Começou a passar um crucifixo pela minha cabeça e peito, sempre rezando. Depois foi à cozinha e voltou com uma panela de água e um punhado de carvões.

Jogou os carvões na água. Uns dez pedaços pequenos. Dois boiaram, os outros foram pro fundo.

— Mô fio tá carregado — ele disse. — Caboclo vai tirar isso de mô fio.

Com o crucifixo na mão esquerda e um ramo de arruda na outra, voltou às palavras incompreensíveis e aos tremores do aparelho. Ele chamava seu corpo de aparelho. Passou então a arruda por todo o meu aparelho. À medida que fazia isso, os pedaços de carvão que estavam no fundo da panela iam boiando. Olhei pra minha mãe, que olhou pra mim com o ar de "eu não disse?!, eu não disse?!".

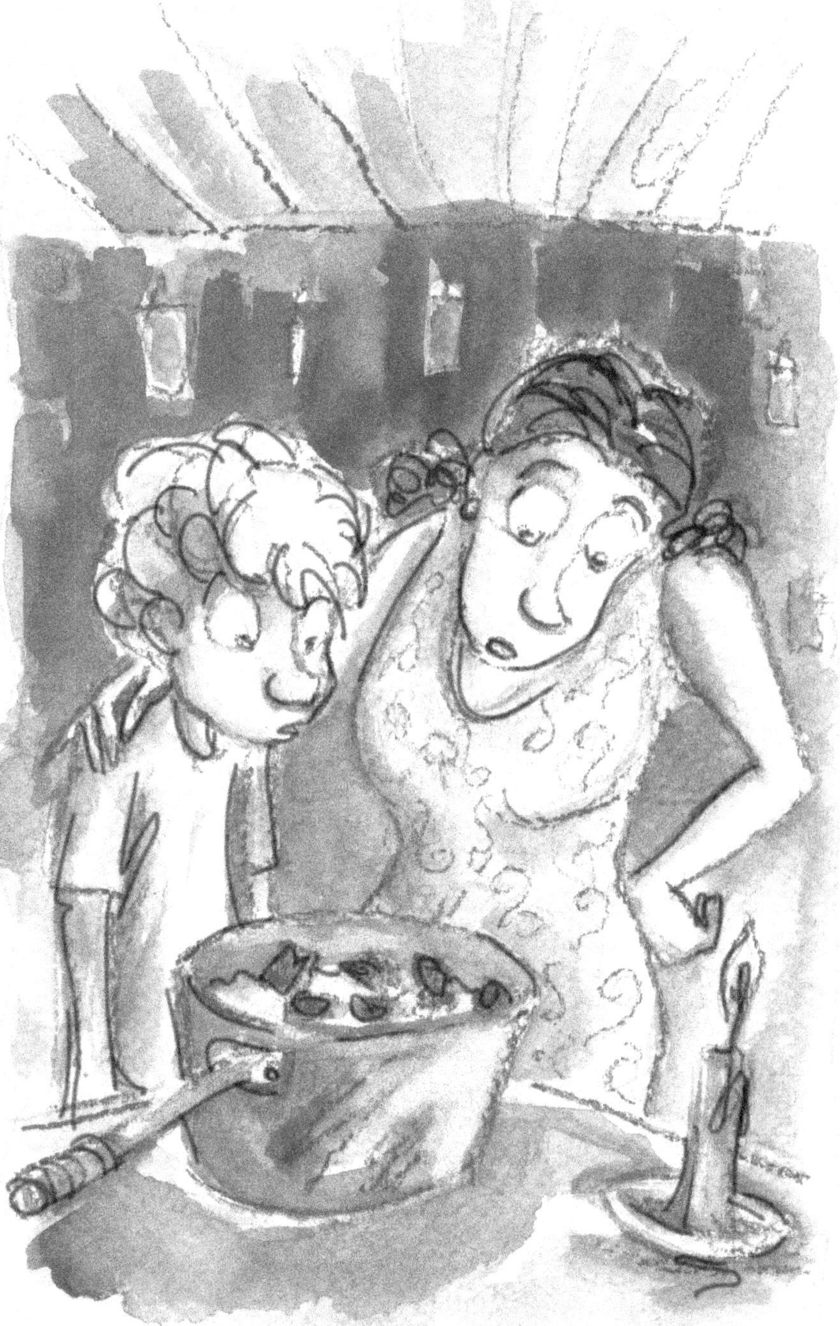

Algumas rezas depois, o caboclo Sete-Flechas se despediu. Mais cachaça, mais charuto, novos tremores e desincorporou. O homem voltou a ficar normal, como se nada tivesse acontecido. Minha mãe quis dar algum dinheiro, mas ele recusou. Não podia receber dinheiro por trabalhos espirituais.

Cheguei bem perto dele. Não tinha bafo de cachaça.

Não sei como fazem isso, mas fazem mesmo.

No dia seguinte, acordei sem chorar. E no outro também. Minha mãe contou pra todo mundo o milagre.

Mas não valia porque era sábado e domingo. Na segunda-feira, acordei chorando.

•

É claro, todo mundo me perguntava por que eu estava chorando. Não sabia responder e isso dava mais vontade de chorar ainda.

O que sei é que sentia uma pressão na boca do estômago, até com vontade de vomitar eu ficava às vezes, um medo indefinido que dava uma melancolia profunda. Uma sensação miserável de vazio. É isso. Um vazio grande demais que fazia tudo em volta perder o sentido.

Agora, por que às dez horas parava de chorar e voltava a me interessar pela vida, eu não fazia a mínima ideia.

•

Voltaram a me levar no tal médico. Fez um ar grave que deixou todo mundo apavorado e me encaminhou pra um especialista em cabeças, um neurologista. Não estavam de brincadeira.

O neurologista, um sujeito muito gordo e estranho, requisitou um eletroencefalograma.

Fui com meu pai. Me sentaram numa espécie de cadeira de dentista. Eu estava um bocado nervoso, mas havia um botão solto no uniforme da enfermeira e dava pra ver suas pernas. Ela grudou quatro bolas de massa na minha cabeça: duas nas têmporas, uma no alto e outra na nuca. Depois aproximou uma grande máquina, puxou dela quatro fios, espetou as pontas nas bolas de massa e me mandou relaxar, como se alguém pudesse relaxar naquela situação. Cheguei a pensar: "Pronto, se encheram de mim e me mandaram pra cadeira elétrica".

A coisa durou a manhã toda. Cheguei a cochilar. A máquina transformava meus pensamentos em linhas que saíam numa bobina de papel.

O neurologista olhou, olhou, balançou a cabeça e disse a meu pai:
— Disritmia.

Primeiro pensei que disritmia era alguma coisa de errado que eu tinha feito e a máquina descobrira lendo meus pensamentos, como o tal Deus fazia. Alguma espécie de pecado. Porém, eles deram a entender que não era culpa minha, ao contrário, me olhavam como se eu fosse vítima de uma triste fatalidade, daí pensei que disritmia podia ser o nome de uma doença que fazia o sujeito dançar mal, como eu.

Mas ninguém estava interessando em me dar explicações.

Receitaram-me um outro calmante, dessa vez bem barra-pesada. Um barbitúrico. Era pra tomar durante o jantar. Na primeira vez, dormi em cima do prato.

Daí passaram a me dar o remédio depois da novela, com um copo de leite. Eu apagava minutos depois e no dia seguinte não sabia como fora parar na cama. Só tinha forças pra uma coisa: chorar.

A porcaria do remédio estava me fazendo um mal desgraçado. Tentei reclamar, mas os velhos não me ouviam. Tive então de acordar no meio da noite pra esvaziar cápsula por cápsula e encher de açúcar.

Isso pode ser útil num Manual de Sobrevivência Familiar.

Fiz novos exames tempos depois e naturalmente o neurologista disse que a minha disritmia estava regredindo e me mandou continuar tomando o tal remédio. Tudo bem.

Eu não parava de chorar.

Minha tia, que conhecia todos os médicos do Rio de Janeiro, recomendou um ótimo clínico geral.

Minha mãe me levou lá e o homem foi logo dizendo que aquilo era bobagem, que o meu grau de disritmia era perfeitamente normal, que todo mundo tem um pouco de disritmia e que na certa meu problema não era neurológico, e sim psiquiátrico, que eu sofria de algum tipo de ansiedade, neurose, síndrome do pânico, psicopatia e por aí afora. Minha mãe foi afundando na cadeira. Ele receitou algumas vitaminas pra consolá-la e indicou uma psiquiatra amiga dele.

O consultório da psiquiatra ficava numa esquina muito movimentada, no segundo andar, em frente a um ponto de ônibus. O barulho era tanto que eu não escutava o que ela dizia.

Minha mãe entrou primeiro, sozinha, e saiu arrasada, com os olhos cheios d'água. Aí foi a minha vez de entrar. Eu não estava gostando nada daquilo.

Era uma mulher baixinha, mas a gente não notava isso porque ela ficava sempre atrás da mesa e a cadeira em que sentava era muito alta. Sei disso porque deixei cair uma moeda de propósito e vi as perninhas dela lá no alto balançando.

Parecia que minha mãe já dissera tudo que interessava a ela. Falou coisas comigo que não pude ouvir, ela também na certa não ouviu minhas respostas e ficamos assim. Os ônibus freavam lá embaixo, um atrás do outro, sem parar. Ela apertou a campainha do telefone. A enfermeira veio trazendo minha mãe pelo braço. A pobre envelhecera dez anos desde que chegara ali.

A psiquiatra apertou nossas mãos, sempre atrás da mesa, e disse que tudo daria certo, a vida era assim mesmo, e aí minha mãe chorou. Ver a mãe da gente chorar não é mole.

Saímos arrasados, com a receita na mão. O mesmo barbitúrico que o outro prescrevera, e mais dois.

Não pude escapar. Os tais remédios eram tão barra-pesada que foram escondidos em algum lugar no quarto deles.

Eu era obrigado a tomar todos de uma vez só depois do jantar, meu pai e minha mãe sempre me olhando com aquele ar sombrio.

Continuei a chorar, como sempre, mas me sentia muito pior agora. Estava mole e sem reação, como um robô com pilhas fracas. Se um infeliz me empurrava, ou botava o pé na minha frente, ou rasgava uma folha do meu caderno pra fazer aviãozinho, eu pedia, com a voz arrastada:

— Poxa, cara, não faz isso não, por favor.

Estava imprestável. Chorava de boca aberta e me babava todo. Não tinha ânimo nem pra torcer o lenço.

Voltei à psiquiatra. Ela sempre falava as coisas com a minha mãe. Não sei como se entendiam com aquele barulho. Quando chegava a minha vez, recebia uns conselhos que não conseguia ouvir e voltava pra casa e pros remédios.

Iam me matar. Precisava fazer alguma coisa.

Com muito esforço, consegui acordar antes de todo mundo e tomei dez canecas de água morna salgada. Depois molhei um pão na água e fiquei olhando. Daí corri pra cama e enfiei o dedo na garganta várias vezes. Quando minha mãe chegou pra me acordar, o quarto era um vômito só.

Suspenderam os remédios e a psiquiatra. Me senti melhor. Mas continuava chorando.

Numa conversa telefônica, minha mãe soube de um acupunturista que fizera milagres no primo do sobrinho de uma amiga, um garoto que sofria da coluna e agora voava de asa-delta. O que aquilo tinha a ver com o meu problema não importava. Àquela altura valia tudo.

O acupunturista disse que eu sofria de um distúrbio energético. Menos mal. Minha mãe se sentiu melhor. Nunca soube o que a psiquiatra disse pra ela, mas não deve ter sido nada fácil de ouvir.

Fui pra um cubículo de paredes brancas, sentei numa maca só de cueca e o sujeito espetou agulhas pelo meu corpo todo.

Tudo bem que tenham espetado a Cristo. Ele criou confusão, expulsou os camelôs, falou mal de César, praticou medicina sem ter diploma, aprontou mil e uma, mas a mim espetavam só porque chorava das sete às dez. Uma injustiça. Eu não fazia mal a ninguém.

Pra falar a verdade, eu já estava de saco cheio de tudo aquilo e desconfiado de que afinal sabia o que provocava o choro.

Do acupunturista fui parar numa psicóloga.

Na primeira consulta, impressionei a pobre mulher. Meu pai tinha alguns livros de Psicologia e eu me interessara por um que descrevia os testes e mostrava as análises dos resultados.

Num Manual de Sobrevivência Familiar seria bom um capítulo só com esses tipos de testes psicológicos, mostrando-os já resolvidos, pra pobre criança não cair numa situação dessas desprevenida.

Vai que ela esteja num mau dia e desenhe uma árvore fininha, sem folhas, torta pra um lado, num cantinho da página. Está perdida.

Como eu já sabia das coisas, fiz uma árvore grossa, centrada na página, com galhos bem-equilibrados, folhas, frutos, coloquei até um passarinho num galho, só de sacanagem, e um sol brilhante lá no alto, e claro que não esqueci das raízes, bem fortes e distribuídas, sólidas, dentro de uma terra preta, tracejada, com tufos regulares de grama em cima.

Mas fiquei tão animado com a coisa que me excedi na interpretação das cartolinas manchadas que ela me mostrou em seguida. Vi elefantes siameses, martelo de nuvens escuras batendo na cabeça de um sujeito caolho, guarda-chuva visto de cima com sardinha no meio, mosca amassada numa sola de tênis, fio de crina de zebra boiando num café com leite mal misturado, guimba de cigarro na barba ruiva de um albino e por aí afora.

Ela gostou de mim.

É essa de que eu já falei. Vou nela até hoje, a não ser nos períodos que a grana aperta e tenho de suspender as consultas. Não que ela tenha resolvido o problema do choro, mas gosto das nossas conversas. Acho que ela também, assim como gosta do que recebe pra isso, claro. Mas tudo bem, é assim que funciona.

Passei ainda pelas mãos de um homeopata, que diagnosticou um distúrbio emocional causado pela falta de zinco e selênio e me receitou uns pozinhos pra dissolver na água três vezes ao dia e duas bolinhas de cada um dos cinco vidros, de hora em hora. Quase enlouqueci de verdade. Tive de usar relógio e acabei sendo assaltado na saída do colégio, levei uns tapas e ainda fiquei sem meus tênis. Tudo bem.

●

O que me curou foi a greve dos professores.

# Quarto perigo: os esportes

Por que tem sempre um infeliz pra acordar a gente? Um amigo meu fica tão furioso quando é acordado que a mãe dele é obrigada a usar uma vara comprida pra chamá-lo pro colégio. O sujeito, ainda dormindo, sai distribuindo socos e tapas.

No primeiro dia da greve, acordei depois das dez, e sem chorar. Meu problema era acordar cedo.

A psicóloga deu uma explicação legal. Disse que ser acordado interferia em meu ritmo biológico e provocava um forte estresse.

Cada um tem seu ritmo biológico. Tem os que já acordam com fome, os que só vão ao banheiro à tarde, os que só comem depois do meio-dia e assim por diante. Quando se obriga uma pessoa a quebrar esse ritmo, seu corpo reage, estressa e adoece.

O nosso corpo funciona com três sistemas, que a medicina chama de aparelhos. Como na Umbanda? O aparelho respiratório, com pulmões etc.; o circulatório, com coração etc.; e o digestivo, com estômago, fígado etc. Num estresse, dependendo da pessoa, o problema surge num desses aparelhos. Não tem erro. No meu caso, a coisa estourou no digestivo. Por isso a falta de apetite, o aperto na barriga, as ânsias de vômito.

O medo, a angústia, a melancolia, contraem o estômago. Não dá pra matar, mas a gente sofre pra caramba.

As instituições de ensino não estavam nem aí pro meu ritmo biológico. Como teria de continuar acordando cedo de qualquer maneira, a psicóloga sugeriu que minha mãe me acordasse duas vezes. Primeiro meia hora antes, e dissesse:

— Tudo bem, pode dormir mais um pouco.

É isso aí. O problema foi resolvido assim.

Durante aquela meia hora, não ficava nem dormindo nem acordado. Era então que sonhava. Até hoje faço isso. Quando quero sonhar, coloco o despertador, acordo, vou tomar água, dou uma olhada pela janela e volto pra cama. E sonho mesmo.

Acho que quem é arrancado da cama todos os dias não sonha nunca.

•

Melhor do que aquela meia hora só quando minha mãe abria a cortina do meu quarto, balançava a cabeça, voltava a fechá-la, passava a mão na minha cabeça e dizia:

— Não precisa ir à aula, não. Está chovendo muito.

A vida então ficava cheia de sentido.

•

Hoje penso que o que resolve de fato os problemas é entendê-los. Verdade. Ano passado, durante uma aula de Biologia, quando o professor explicava que cada animal tem o seu aparato de defesa — o gato, as unhas; o cachorro, os dentes; o cavalo, o coice; e por aí afora —, fiz a descoberta que mudou minha vida.

Quando ele disse que o aparato de defesa do homem são as mãos, pensei: "É nada. O aparato de defesa do homem é o pensamento".

O pensamento é a minha arma.

•

"Como Usar o Pensamento como Arma" seria o capítulo mais importante do Manual de Sobrevivência Familiar.

●

Era o que eu vinha fazendo desde que me entendera como gente, sem saber. Mas no caso do choro ficou claro. Bastou entender o problema, me defender, e o choro parou.

Quem passou a chorar muito foi a minha mãe.

Eu não entendia direito o que estava acontecendo, mas as discussões entre ela e meu pai não eram fáceis.

— Casar é que nem comprar chapéu — dizia o velho. — Ou a gente leva na cabeça, ou sai embrulhado.

Os dois ficavam como cão e gato pela casa, até que um dia meu pai saiu pra trabalhar e não voltou.

À noite minha mãe explicou pra mim e pra minha irmã que eles tinham se separado, que o velho fora pra um hotel, que dali a uns dias passaria pra pegar as malas e depois alugaria um apartamento. Bem, foi mais ou menos isso o que eu entendi, porque ela chorava o tempo todo.

Não fiquei triste. Aquilo era problema deles. Se não gostavam mais um do outro, não havia nada a ser feito, e eu não tinha nada a ver com isso. Acho que no fundo eles precisavam era se divertir. Dormir e sair sempre junto com alguém deve ser um troço bem chato.

Na verdade, a maioria do pessoal da minha turma tinha os pais separados e eu já estava mesmo preocupado com os meus.

●

De qualquer forma a única coisa importante pra mim naquela fase era eu mesmo, por isso deixei as duas lá chorando e fui pra biblioteca mexer nas revistas de mulher pelada do velho. Com calma, sabendo que ele não ia voltar.

●

Cinco dias depois ele voltou e fizeram as pazes.

●

Seguiu-se um período calmo, em que a única coisa que me incomodava era um tique nervoso que apanhei não sei como. Eu não conseguia parar de esticar as veias do pescoço.

Na aula, no cinema, vendo tevê. Era um inferno.

Minha mãe já ameaçava a velha peregrinação pelos médicos quando uma tarde, voltando de ônibus pra casa, distraído, olhando pela janela e esticando as veias, uma velha maluca sentada a meu lado me deu um tremendo tapa na cara.

Foi um susto dos diabos.

— Isso é pra você parar de mascar esses malditos chicletes.

Desci do ônibus às pressas e fui a pé para casa. Estava muito assustado. No caminho descobri que estava curado do tique.

•

Na escola acabaram esquecendo que eu era aquele sujeito que chorava das sete às dez. Fui me enturmando novamente, até que uma tarde me chamaram pra andar de pedalinho.

Havia uma lagoa perto da escola. Marcamos encontro lá. Era a primeira vez que saía pra encontrar meninas.

Pensava nelas o tempo todo, mas as oportunidades de alguma coisa acontecer de fato eram muito remotas. Tirando a empregada da minha tia e as meninas que conseguia agarrar brincando de pique, elas eram pra mim apenas visões, imagens.

A calcinha da professora de Matemática.

Os peitos das meninas debruçadas sobre a mesa onde o professor de Ciências dissecava uma rã.

Os espelhos. Aquele pequeno colado na ponta do tênis pra ver por baixo da saia das meninas na fila da cantina. O redondo, pra ver por debaixo da minha carteira a calcinha da menina que sentava atrás.

O binóculo, pra ver a vizinha do apartamento em frente.

As revistas.

E das visões eu passava à fantasia. E aí me masturbava, é claro.

Eu era bom naquilo. Verdade. Inventava mesmo. Meus pais queriam me matar porque passava horas no banheiro.

Imaginava cheiros, situações, papos, lugares, com tanta intensidade que chegava a sentir mesmo. Acho que é o melhor método que existe para o sujeito desenvolver a imaginação.

É claro que eu fazia tudo isso por me faltar a coisa concreta. A possibilidade de andar de pedalinho com uma menina, ficar juntinho dela boiando no meio da lagoa... caramba.

Foi o pior dia da minha vida.

Eles foram chegando.

Olhamos uns pros outros e percebemos que o número era ímpar.

Os casais se formaram naturalmente, até sobrar o imbecil aqui.

Sentei na beira da lagoa e fiquei vendo os pedalinhos se afastarem. Uma lágrima grossa pingou do olho direito e formou círculos na água.

•

Concluí que aquilo acontecera porque eu era magro e baixo demais. Precisava fazer alguma coisa. Urgente.

Meio desesperado, pedi ajuda a meu pai e ele me deu um livro sobre crescimento. Lá havia uma tabela de peso e altura, de acordo com a idade. O livro me deixou mais preocupado ainda. Eu estava abaixo da média. Na verdade, muito abaixo.

Não sabia que aquela era uma tabela feita nos Estados Unidos e que não tinha nada a ver com os padrões brasileiros. Ser colonizado é uma droga.

Tarde demais. Cismei de engordar e crescer de qualquer maneira, e pra isso só havia uma solução: praticar esportes.

Sempre detestei esportes. Sou totalmente incapacitado pra esses tipos de atividades criados pra que a pessoa não tenha tempo pra pensar. Pra mim não passam de agressões regulamentadas. Nesse ponto o boxe é o menos hipócrita. O sujeito vai lá pra arrebentar a cabeça do outro mesmo.

Mas o importante não era vencer, muito menos competir. O importante era impressionar as meninas. E por elas eu faria qualquer coisa.

Comecei pelo judô. Havia uma academia lá na rua. Fiquei só dois meses. Não conseguia decorar os malditos nomes dos golpes, e não gostava muito daquele negócio de rolar no chão agarrado a um sujeito fedido. De qualquer maneira, não me serviu pra nada porque numa briga no colégio fiquei lá preocupado em aplicar um golpe daqueles e ganhei um soco na cara que me mandou pra enfermaria.

Não revidei. Fingi que esquecera tudo. Fizemos as pazes. Dias depois, comprei uma garrafa de guaraná, despejei a bebida na privada e mijei dentro. Quando ele passou perto de mim, no intervalo, ofereci um gole.

Levei um chute na perna e um soco no estômago antes que o inspetor nos separasse. Ganhamos uma suspensão de três dias, mas todo o colégio viu a cara que ele fez quando percebeu o que tinha engolido.

Eu continuava um sujeito mau.

Ele me bateu novamente. Claro. Não podia esquecer o que eu tinha feito. Bateu mesmo. Era forte pra caramba e acabou comigo na saída.

Dias depois, comprei um vidro de pó de mico numa loja de artigos de umbanda e despejei nas costas dele durante a aula, sem que o infeliz notasse.

Começou a se coçar, cada vez mais desesperado, e acabou de cueca. Foi levado pra enfermaria, urrando.

Nunca mais se recuperou daquele mico. No semestre seguinte, saiu da escola.

Não mexam comigo.

●

Tentei natação na piscina de um clube perto. No começo era bom. Ficava pra lá e pra cá na minha raia. Não tinha muito sentido, mas acho que não era pra ter mesmo.

Qual o sentido, por exemplo, de uma corrida de Fórmula 1? Os caras ficam lá dando voltas, tentando chegar na frente dos outros. Além de tudo, é um mau exemplo. Correr de carro é uma bobagem. Um carro a mais de cem quilômetros por hora é uma arma assassina que, quando perde o controle, mata pessoas que não tinham nada a ver com aquilo. Se eu fosse presidente, da próxima vez que o pessoal da Fórmula 1 viesse correr no Brasil, mandava prender todo mundo por incentivo à violência e formação de quadrilha.

Outro dia meus amigos ficaram tristes porque morreu um piloto muito famoso e queriam me bater porque eu disse:

— Bem feito. Quem mandou correr de carro.

O pior foi um outro dia, antes da morte do piloto. Noticiaram num jornal da tevê um acidente horrível: um sujeito correndo muito subiu numa calçada e atropelou uma família inteira que estava lá esperando o ônibus. Na notícia seguinte, o locutor abria um sorriso enorme pra dizer que o tal piloto ganhara uma prova de automobilismo e enaltecia o idiota por ter ultrapassado todo mundo e metido o pé firme no acelerador.

As pessoas são assim, malucas e perigosas.

Então eu ficava lá nadando, pra um lado e pro outro, até que o professor resolveu dar um sentido àquilo. Começou a nos treinar pra competições. O que antes dava um certo prazer virou neurose. Continuávamos tendo de nadar de um lado pro outro, só que agora o importante era fazer aquilo cada vez mais rápido. Por fim, o professor enlouqueceu de vez e quando um aluno colocava as mãos na borda pra descansar fora de hora levava uma varada de bambu nos dedos.

Não chegou a me acertar. Larguei a natação antes disso.

●

Minha mãe dizia:
— Droga de menino inconstante. Assim você não chega a lugar nenhum. Faz tudo pela metade.
— Me deixa ser feliz — eu respondia.

●

Na mesma lagoa dos tais pedalinhos, havia uma escola de remo. Entrei.

No primeiro dia de aula, o professor, uma figura baixinha e musculosa, sem pescoço, mandou a turma dar uma volta correndo na lagoa. Eram dezesseis quilômetros.

Quando chegamos, mais mortos que vivos, tivemos de fazer duzentas flexões, trezentos polichinelos e coisas desse tipo, até pegar finalmente nos remos.

Acordei no dia seguinte com fadiga muscular e passei três dias sem conseguir sair da cama.

Bem, se queria ficar forte a coisa tinha de ser assim mesmo. Insisti.

De fato, fui pegando resistência física. E a parte de remar era boa. O sujeito sem pescoço ia na ponta do barco, dando ordens, e eu e mais cinco remávamos. Difícil era achar o tempo certo, a sincronia, mas com o tempo peguei o jeito.

A aula começava tarde e víamos o pôr do sol no meio da lagoa. Bonito mesmo. A não ser pelo professor. Claro, tem sempre alguém pra colocar areia na empada da gente.

Ficava lá gritando que nem uma carranca histérica, enchendo o saco de todo mundo. O maldito também queria nos preparar pra competir. Sempre a mesma bobagem. E o estilo dele era militar. Na certa não entrara pro exército por causa da altura e descontava na gente a frustração. Daquele tamanho não servia nem de bucha de canhão.

Numa daquelas tardes lindíssimas, quando ele gritou "Desscaaaaaaaaannnsar" larguei o remo e coloquei o dedo na água. A lagoa estava calma, a superfície lisa refletia as nuvens. Fiquei fazendo círculos na água. Aí ele gritou, na outra ponta do barco:

— O que está fazendo, idiota? Pegue o remo já!

Ele avisara que *descansar* significava parar o remo a uns cinco dedos acima da superfície da água, mas sem largá-los. Eu estava de saco cheio dele e o mandei praquele lugar.

Eu perdera a noção do perigo. Ele avançou pra me pegar. Só que havia outras cinco pessoas entre nós. Tentou pular sobre elas mas o barco ia virar e o seguraram.

Aos berros mandou que remassem pro ancoradouro. Eu já havia me tocado da bobagem que fizera e tentava remar ao contrário. O ancoradouro foi se aproximando. Ele gritava sem parar todas as atrocidades que faria comigo.

Só deu tempo de pular do barco e sair correndo. Nunca voltei pra pegar minhas coisas lá no armário do vestiário.

●

Concluí que devia tentar algo mais individualista. Um esporte autônomo, em que ninguém me obrigasse a competir. Foi aí que me lembrei do surfe.

Um amigo já fazia. Morava perto da prancha e me deixou guardar a praia na garagem do seu prédio. Quer dizer, é o contrário. Vocês entenderam.

Comprar a droga da prancha é que foi o problema. Ninguém queria me dar mais dinheiro pra esporte, e com razão, por isso fui obrigado a economizar a grana do lanche da escola por uns três meses.

Deu pra comprar uma prancha pequena, barata, mas paguei tanto mico nas primeiras vezes que cheguei a ser expulso do mar pelos outros surfistas. Achei melhor treinar primeiro numa praia distante.

Minha irmã já conseguira arranjar um namorado que tinha carro. Ele não ia muito com a minha cara – porque eu dava tiros de espingarda de ar comprimido no portão quando eles ficavam namorando –, mas me levaram pra passar o domingo numa praia bem longe.

As ondas arrebentavam a muita distância da areia. Estava me borrando todo mas entrei assim mesmo. Avancei dando braçadas desesperadas.

Montanhas de espuma de dois metros de altura passavam por cima de mim. Na teoria, tinha de virar de costas e deixá-las passar por cima, mas nunca calculava o tempo certo de fazer isso. Nas primeiras fiz cedo demais, faltou o ar, levantei a cabeça e a espuma me pegou em cheio. Engoli água.

Depois elas vieram rápido demais e me pegaram desprevenido. Bebi mais água.

Avancei assim mesmo, até ver, lá longe, uma massa enorme de água subindo, subindo. Os outros surfistas correram na direção dela, aos gritos. Isso me deixou mais apavorado ainda. Uma onda descomunal, uma muralha de água que não parava de crescer e crescer. Fiquei indeciso entre avançar e recuar e isso quase foi fatal.

Quando vi que precisava ir ao encontro dela ou arrebentaria em cima de mim já era tarde demais. Foi um caixote daqueles. Só me lembro de ter largado a prancha pra lá e mergulhado o mais fundo possível.

A espuma fez o que quis comigo. Não sabia nem pra que lado era a superfície. Fiquei como uma banana no liquidificador, até ser milagrosamente cuspido pra cima, meio afogado.

A areia estava longe demais. Vi a encosta à direita, as ondas batendo nas pedras. Aquilo era mais perto. Nadei pra lá. No caminho algumas ondas me pegaram.

Quase morto, alcancei as pedras, me arrastei pelo mato e desmaiei.

Pouco depois, recuperei a consciência e voltei andando. Não havia estrada e tive de dar uma volta enorme pra chegar à praia.

Minha irmã estava chorando, um bolo de gente em volta dela, e olhou pra mim como se eu fosse um fantasma. Como a prancha chegara sozinha, acharam que eu me afogara. Havia uns três salva-vidas atrás de mim, fora todos os outros surfistas, e alguém já passara um rádio pedindo helicópteros.

Depois desse mico municipal, desisti do surfe. Minha confiança ficou abalada. Mas não vendi a prancha.

Até hoje passeio pela praia com ela embaixo do braço. As meninas curtem.

Quando me chamam pra pegar uma onda, digo que acabei de surfar num outro ponto e estou cansado. É isso aí. O segredo é não parar com a prancha em lugar nenhum. Estar sempre de passagem.

●

Aquele negócio de esporte ia acabar me matando.

Meus pais sugeriram, já que eu andava tão preocupado com meu tamanho e magreza, me levar a um endocrinologista. Não quis. Ele ia me encher de hormônios. Na minha turma havia um garoto que tomara hormônio pra crescer e tinha ficado com peitos enormes e barba cerrada, e não aumentara nenhum centímetro.

●

Estava tão desesperado com a situação que acreditei num anúncio — que saía nas páginas das revistas de histórias em quadrinhos — sobre um aparelho que fazia a pessoa crescer dez centímetros em duas semanas.

Ser chamado de palito, macarrão ou linguinha, tudo bem, mas pintor de rodapé era demais. Dez centímetros já quebravam o maior galho.

Voltei a não comer o lanche no colégio e consegui encomendar pelo correio o tal aparelho. Aquela forma de poupança contribuía com a minha magreza, mas não havia outro jeito.

Chegou numa caixa de madeira. Achei caro demais pelo que era: duas argolas de metal pra segurar com as mãos, dois extensores de borracha e umas tiras de lona parecidas com as faixas do judô. As instruções ensinavam como usar.

Prendia as duas pontas das tiras de lona numa porta e fechava. Elas ficavam lá, presas e penduradas. Eu ajoelhava no chão, enfiava a cabeça numa espécie de cabresto e segurava nas argolas de metal com os extensores. A coisa funcionava assim: quando esticava os extensores pra baixo, as tiras e o cabresto puxavam minha cabeça pra cima.

Desconfiei que daquele jeito apenas meu pescoço cresceria. Não ia dar pra ganhar nenhuma menina com um pescoço de vinte e cinco centímetros. Aquilo seria bom é pro professor de remo. Mas as instruções me garantiam que não, que o crescimento seria uniforme, e então instalei tudo, ajoelhei e puxei os extensores com vontade.

Foi uma vez só. As tiras arrebentaram e me deram uma chicotada na cara, uma de cada lado. Pra aprender a não ser otário.

Com o rosto marcado, furioso, recoloquei tudo na caixa pra devolver ao fabricante e receber o dinheiro de volta, como dizia o anúncio, mas só então o idiota aqui leu, em letras bem pequenas, que só devolviam o dinheiro se o aparelho estivesse em perfeito estado. Tudo bem. É assim que a coisa funciona.

●

Fiquei de um tal jeito que me deixei levar a um médico. Um clínico geral muito bom, indicado pela minha tia.

Entrei no consultório dele como um boi no matadouro. Me examinou todo e consolou:

— Está tudo bem. Na sua idade, os ossos longos, braços e pernas, crescem mais rápido que os ossos porosos, ombros e quadris, por isso esse aspecto de magreza. Não se preocupe. No final dá certo.

Foi bom ouvir aquilo. De fato, a minha turma parecia um circo. Não havia um igual ao outro. Um era corcunda, outro magro demais, outro com braços tão compridos que as mãos chegavam aos joelhos, alguns já de barba, outros com voz grossa, e assim por diante.

— Nessa idade – continuou o médico –, a gente quase pode ouvir as glândulas funcionando.

Eu já estava satisfeito, queria sair dali, mas, de tanto procurar, é claro que ele achou um defeito:

— É... – disse – temos um problema aqui. Este menino precisa operar a fimose.

# Defendendo o pinto e vencendo a timidez

Só me restava confiar no médico e rezar para que no final as coisas com o meu corpo dessem certo, porque esporte ia ser mesmo difícil. Academia de ginástica, nem pensar. Queria ficar mais forte, porém não com um corpo daqueles padronizados.

O pior é que fui emagrecendo cada vez mais, a ponto de ser apontado na rua e servir de exemplo pra crianças que não queriam comer direito.

Uma vez pedi pro barbeiro fazer um corte de cabelo tipo Arnold Schwarzenegger e o salão todo riu.

•

E agora aquela história de fimose.

Já desconfiava que alguma coisa ia errada com o Otávio Augusto. É. Chamo o meu pinto de Otávio Augusto. Ele precisa ter um nome, afinal.

Achava-o pequeno demais, em comparação com aqueles que via no vestiário da escola, principalmente o de um sujeito apelidado de Tacape.

Eu o media diariamente com a régua, depois comparava com a maldita tabela americana e isso só piorava as coisas.

Havia ainda muita pele cobrindo a cabeça do Otávio Augusto, a tal fimose, e achei que talvez aquilo o estivesse impedindo de crescer direito, daí me resignei às intenções familiares de operá-lo.

Teoricamente não havia problema. Um pequeno corte, um curativo, por umas três semanas evitar as revistas de mulher pelada, pensar só em provas, ou na campanha do Botafogo no campeonato estadual, e pronto.

Outra vantagem é que talvez pudesse me tornar sócio do clube judeu do bairro, que dava umas festas ótimas.

Mas a família está aí pra complicar as coisas e meu pai me levou a um urologista parente nosso. Era de fato um grande médico, diretor de hospital, com livros publicados, um sujeito respeitado mesmo. O único problema é que sofria de mal de Parkinson.

Mal de Parkinson é uma doença que deixa as mãos da pessoa tremendo sem parar.

•

Era um consultório antigo, bem grande. No canto havia uma cama. Deitei, calça arriada, pra ele me examinar.

Meu pai ficou na sala de espera.

Ele olhou bem de perto pro Otávio, que estava lá, todo encolhido, com aquele olho triste que ele às vezes tem, e balançou a cabeça. O *médico* balançou a cabeça:

— Simples. Coisa muito simples — disse. Parecia estar falando sozinho. — Um corte aqui... no prepúcio.

Prepúcio era um fino pedaço de pele que prendia a cabeça do Otávio Augusto ao resto todo.

Deu as costas e foi pra um canto, onde havia uma pia e objetos de metal.

Eu não sabia o que fazer, e já estava pensando em vestir as calças, quando o vi botar fogo numa bandeja com álcool e jogar alguma coisa lá dentro.

Apagou o fogo, virou-se pra mim e avançou.

Em sua mão havia um bisturi.

A mão tremia. Tremia muito.

Fiquei paralisado. Médico é uma coisa que a gente é ensinado a respeitar. Isso às vezes é fatal.

Quando dei por mim, ele estava do meu lado, com o bisturi tremendo já a um palmo do Otávio. Gritei:

— Não!

E segurei os braços dele.

— Não vai doer muito. Nem precisa anestesia. É só um corte — ele disse, e livrou-se com um safanão.

Eu o segurei de novo.

Era um bocado forte o velho. A mão tremia e avançava pro Otávio, que parecia pressentir o perigo. Eu prendia seus pulsos. Era uma luta mesmo.

Ele devia estar achando que eu fazia aquilo por medo da operação, natural, e que seu dever como médico era avançar a qualquer custo. Eu tinha medo era de ser capado.

Meu pai lia uma revista lá na sala de espera.

Por fim, venci.

Ele estava suado. Sentou numa cadeira e ficou lá, respirando fundo e tremendo.

— Caramba — ele disse. — Nunca vi um paciente tão resistente. Acho que vou ter de aplicar a anestesia mesmo. Bobagem. Vai doer mais do que o corte.

Pensei rápido. Se a porta estivesse trancada, pularia pela janela. Era o terceiro andar. Tendo sorte, quebraria apenas as duas pernas.

Ele voltou para o canto da pia, abriu um armário de metal e suspirou, contrariado:

— Droga. Acabou a anestesia.

Aí abriu a porta, chamou meu pai e marcou outra consulta pra semana seguinte.

Na rua contei a história pro velho e ele teve de se encostar num poste pra não cair de tanto rir. O pinto não era dele.

Em casa, no banheiro, tive uma conversa de homem pra homem com o Otávio Augusto.

— Vai doer, meu amigo, mas tem de ser feito.

E puxei a pele pra baixo. Puxei mesmo. Com toda a força. Sem piedade.

O sangue pingou.

Mais três puxões violentos. A pele rasgou.

Aguentei firme. Sem chorar. Sem gritar.

A cabeça finalmente apareceu.

•

Inchou muito. Andei uns dias de perna aberta, fazendo curativos com algodão e água oxigenada.

Quando a coisa melhorou, disse a meu pai o que tinha feito e ele cancelou a consulta. É isso aí. Mais uma pro tal manual.

Talvez deva acrescentar um capítulo de "Primeiros Socorros". Com a família, nunca se sabe.

Depois disso, parei de medir o Otávio, e também de compará-lo com os outros. Sai pra lá. Se pinto não tem osso, então também não tem tamanho definido. É elástico. Tudo bem.

•

Aquela história de a minha tia chamar a polícia me obrigava a jogar bola numa vila a três quarteirões da minha rua. Até hoje tenho o hábito de não ter amigos perto de casa.

Ia pra lá quase todas as tardes. Era muito ruim de bola e morria de vergonha quando um grupo de meninas da vila ficava vendo o jogo, principalmente uma morena magra, de cabelos compridos, olhos redondos escuros e lábios salientes. Eu estava completamente louco por ela.

Foi então que descobri como era um tímido imbecil.

Pensava nela noite e dia, precisava fazer alguma coisa, mas não conseguia nem dar boa-tarde. E quando ela estava olhando pisava na bola, tomava frangos ridículos no gol, chutava de canela ou me ralava todo no chão.

Fiquei realmente aflito naquela época, principalmente quando escutava as histórias dos amigos, do que eles já haviam feito com as meninas. A maioria já agarrara, beijara, passara a mão em todas as partes e até transara.

Só muito mais tarde descobri que 90% do que os homens falam sobre sexo uns com os outros é mentira, e os outros 10% não são verdade.

Toda vez ia pra vila firmemente decidido a falar com ela, mas quando a via murchava por dentro, como se ainda não estivesse preparado pra existir.

Difícil deixar o mundo da fantasia, da garrafa de uísque, das revistas, das almofadas, pra coisa real. Muito difícil. Mas tinha de ser feito.

Cheguei a desistir. Passei um tempo sem ir à vila, mas isso me deixou tão abatido que minha mãe perguntou por que eu andava vagando pela casa como um fantasma desiludido. Acho que sou masoquista, por isso me abri com ela e contei sobre a minha timidez. Não contei a respeito da menina, pra família toda não ficar me enchendo o saco. Isso é uma coisa que a família adora fazer.

Falei em geral. Ela pareceu não dar muita atenção. Disse que na minha idade isso era normal e que a solução era procurar desenvolver mais a minha autoestima.

Caramba, é difícil conseguir, e muito menos manter, alguma migalha de autoestima quando se acorda e o espelho mostra um coitado baixo, esquelético e com a cara cheia de espinhas. Tinha era pena de mim mesmo e vegetava num estado de permanente autocompaixão. Não é fácil um sujeito assim inspirar grandes paixões.

Achei que tinham esquecido minhas dores, mas uma semana depois meu pai solenemente me deu um fascículo de uma enciclopédia de autoajuda, vendida em bancas de jornal, acompanhado por uma fita cassete. O título era: *Vença a Timidez – Série de reeducação psicológica para uma vida melhor – Sugestões e estímulos renovadores de suas energias mentais através da Ginástica Psíquica.*

Eu tinha muitos motivos pra me prevenir contra as iniciativas familiares tomadas no sentido de me ajudar, por isso li aquilo com cautela. Mas, como não estavam me impondo nada, e o assunto me interessava mesmo, dei atenção à coisa.

A ideia era que, se a ginástica física fortalecia os músculos, a tal ginástica psíquica fortaleceria a mente. A timidez era uma espécie de fraqueza mental. Certo.

No fascículo estavam as instruções, o papo teórico. Falava sobre a importância da fé em si mesmo, explicava que a timidez é o resultado de uma má adaptação do ser humano ao meio ambiente, de modo que o sujeito valoriza demais os elementos desse meio em detrimento do seu próprio eu, criando um sentimento de inferioridade comparativa, seguido de uma espécie de medo social, e assim por diante.

Na fita vinha a orientação para a tal ginástica psíquica, a parte prática. Uma voz muito grave e calma mandava imaginar os neurônios como pequenos homenzinhos e obrigá-los a fazer flexões, abdominais, polichinelos e por aí afora.

Neurônios são células nervosas. A cabeça da gente está cheia deles.

O homem da fita pedia pra gente se concentrar nos neurônios.

Deitado, fita tocando ao lado da cama, primeiro vinha o processo de relaxamento. *Você está muito cansado... suas pernas estão muito pesadas... muito... pesadas... não consegue erguer suas pernas... agora... não sente mais suas pernas... não sente mais o corpo... seu corpo pesa uma tonelada... seus braços... estão pesados... muito pesados... você não pode mais levantar seus braços... eles pesam uma tonelada... agora suas pálpebras pesam muito... muito... você não pode mais erguer suas pálpebras... pesam uma tonelada... você não consegue mais abrir os olhos... eles estão fechados... todo o seu corpo está pesado... muito pesado... apenas seu cérebro está ativo... e lá estão os neurônios... estão enfileirados... prontos para começar os exercícios... eles obedecerão às suas ordens... vamos lá...*

Tudo bem. Eu estava tão desesperado que aquilo parecia fazer sentido.

Em vez de ir pra vila jogar bola, passava a tarde fazendo meus neurônios suarem.

Fui me sentindo mais forte mesmo, embora ninguém, além de mim, notasse isso.

Li no fascículo que, quando já estivesse sentindo os neurônios fortes, deveria fazer um teste com o objeto da minha timidez. Devia confiar plenamente em mim e enfrentar a situação sem pensar. O problema com o tímido é que ele perde a espontaneidade. Fica tanto tempo ensaiando o que dizer que na hora se enrola todo. É verdade.

Mas não tive coragem de fazer o teste com a menina lá da vila. Escolhi uma garota da turma, que sentava a meu lado. Não custava nada ensaiar um pouco antes.

No meio da aula de Geografia, tomei coragem. Não ensaiara nada. Ia simplesmente me virar pra ela e falar a primeira coisa que me viesse à cabeça.

Eu estava com uma borracha na mão, apagando as frases a lápis no caderno, quando chamei a menina:

— Ei.
— O que foi?
— Duvida eu engolir esta borracha?

É isso aí. Falar sem pensar.

— Duvido — a infeliz disse logo.

Não dava pra voltar atrás. Enfiei a borracha na boca e mastiguei. Agora era uma questão de honra. Mastiguei, mastiguei e engoli.

— Legal — ela disse, e continuou prestando atenção à aula.

Não pareceu estar perdidamente apaixonada por mim depois disso.

•

Concluí que ginástica deixava os neurônios fortes, porém um bocado burros.

Mas as questões dos poderes da mente continuaram a me interessar. Havia alguns livros sobre isso na biblioteca do meu pai.

Todos ensinavam que basta querer uma coisa com vontade pra ela acontecer, mas é preciso desenvolver a tal vontade, e pra isso o mais importante é a concentração. Comecei a fazer alguns exercícios pra desenvolver os poderes da concentração.

No ônibus, fixava o olhar num ponto no meio das costas do passageiro do banco da frente e mandava uma mensagem telepática obrigando o infeliz a coçar aquele ponto. Minha testa chegava a suar pelo esforço, e o sujeito nunca se coçava.

Em casa, trancado no quarto, colocava um pedaço de palha boiando sobre a água de uma panela e com meu olhar magnético tentava fazer a palha girar pro lado que eu mandasse. Nada feito.

Concluir que a vontade da palha era mais forte que a minha não ajudou em nada minha autoestima.

Acabei me enchendo de toda aquela história de mentalização, projeção da vontade, concentração etc. Pelo visto, meu pensamento negativo era mais poderoso que o positivo.

A menina continuava lá na vila, com aqueles olhos lindos, sem saber da minha existência.

Por várias vezes, me aproximei dela. Descobri onde estudava e a segui, sem que me visse.

Mandei-lhe um cartão apaixonado. Sem remetente.

# Últimos toques

Um tijolo acabou com meu caso de amor.

Uma tarde, quando o pai dela voltava pra casa, passou embaixo de uma construção lá no centro da cidade e um tijolo caiu do nono andar na sua cabeça. Ele nem sabe do que morreu.

A família mudou-se pra uma cidade do interior do Estado. Nunca mais vi a menina.

Um cocô de cachorro, um tijolo, coisas assim mudam o rumo de uma vida. É assim que funciona. Tudo bem.

Foi a partir daquela menina que percebi de verdade o imenso mundo que se abria fora daquele prédio de três pavimentos. O mundo que havia além da minha família.

Antes não havia muitos motivos pra deixar a segurança atribulada que aquele bando de parentes malucos me dava. Gostava deles. De verdade. Eu fazia parte daquilo tudo. Mas o mundo lá fora me chamava agora de um jeito muito atraente.

Quando me disseram que ela fora embora, fiquei menos triste do que esperava, comecei a pensar na imensa liberdade que a vida dá às pessoas, jogando-as pra lá e pra cá, nas imensas possibilidades de encontros, em tudo o que poderia acontecer dali pra frente, quando eu iria me afastar cada vez mais daquele prédio.

Havia medo. Sempre vai haver. Mas dá pra prosseguir com medo e tudo. Não tem outro jeito.

Nos últimos tempos vividos lá, as coisas aconteceram bem rápido. Demoliram a casa em frente e começaram a erguer um edifício enorme, que na altura do sexto andar já impediu que o sol entrasse no meu quarto.

Minha irmã e eu fizemos uma campanha terrível pra mudar pra perto da praia. Além de outras coisas, estávamos enlouquecendo com aquela história de a nossa divisória não ir até o teto.

Sem sol então ia ser impossível.

•

Meu corpo me assustava. Os pelos cresciam por todo lado. Um dia acordei com uma voz grossa que não era a minha.

Nos momentos de paz, minha irmã testava em mim seu novo método revolucionário de espremer espinhas usando grampos de cabelo. Tenho o rosto com marcas, como as de mijo na areia, até hoje.

Tudo bem.

•

Eu e um amigo aprendemos a dirigir escondido a moto do pai dele. Começamos pra lá e pra cá na tal vila, depois nos aventuramos pelas ruas próximas, até que um dia a polícia me perseguiu.

Consegui chegar até a esquina da minha rua e parei a moto pra disfarçar.

O carro-patrulha apareceu logo em seguida e parou. Dois policiais se aproximaram.

— Era você que estava dirigindo? — o mau perguntou.

— Não, seu guarda. Que é isso? Essa moto é do meu primo, mais velho. Estou aqui sentado só tomando conta pra ele — menti.

— E há quanto tempo está aí?

— Há um tempão.

Ele então encostou a mão no motor e queimou os dedos.

Queria me prender, me bater, essas coisas. Fiquei apavorado. Aí o policial bom disse que talvez pudessem quebrar o meu galho. Entendi. Queriam dinheiro. Eu não tinha.

— Moro aqui perto. Vou lá pegar.
— Você não sai daqui — disse o mau.
— Podem vir comigo.

E foram mesmo. Subiram. Minha mãe estava sozinha em casa. Eles sentaram, tomaram café com biscoitos, conversaram sobre a vida. Como estava perto do Natal, minha mãe deu a cada um uma camisa e alguma grana.

Depois que se foram, a velha chorou. Disse que aquele suborno lhe lembrara muito meu avô.

●

O pai desse meu amigo vendeu a moto e comprou um pequeno barco. Foram pescar na baía de Guanabara. Não me chamaram. Fiquei chateado mesmo e mentalizei em casa. O barco afundou.

Eu continuava mau.

●

Tinha sonhos muito longos, geralmente com elevadores que andavam de lado. Sonhava também que estava voando. E que coisas coloridas me saíam da barriga.

●

Lembro de um dia, um domingo, ter acordado e entrado no banheiro ainda com muito sono. Meu pai estava lá, acabando de fazer a barba. Vi o reflexo do velho no espelho e pela primeira vez notei que um lado de seu rosto era totalmente diferente do outro, como se uma parte estivesse atormentando a outra.

Fiquei muito impressionado. Depois descobri que todo mundo tem dois lados, inclusive eu. São eles que conversam por dentro da gente.

●

No banheiro também aconteceu um fato muito importante. Ejaculei. É isso.

Fiquei com aquele negócio ali na mão, sem saber onde colocar.

Dali pra frente, aquele seria meu problema principal. Saber onde colocar aquilo.

•

Hoje vejo a coisa da seguinte maneira: meu avô era valvulado, meu pai é transistorizado e eu tenho *chips*. É isso aí. Meu avô durava mais. Meu pai esquenta rápido. Eu sou mais ágil, processo tudo mais rápido e posso estar sempre ligado. Espero.

•

Posso acusá-los de alguma coisa? É melhor não. Custei a entender que estavam tão perdidos quanto eu. Fui muito rigoroso com eles, achando que sabiam alguma coisa e não queriam me dizer.

O dia está clareando. O primeiro dia de um novo ano.

O dente parece que parou de sangrar, finalmente.

A rua está silenciosa.

Houve um longo período de revolta. Derrubei velhinhas na rua pra roubar os doces de Cosme e Damião. Falsifiquei a assinatura do meu pai nos boletins do colégio. Me recusava até a amarrar os sapatos. Tudo bem.

Sempre se acusam os antepassados, não há outro jeito. E, se o mundo parece uma porcaria mesmo, é natural que a culpa seja de quem chegou antes. Um mundo meio do avesso. Ando de saco cheio de tudo. Perdidão. Às vezes fico cheio das pessoas. De mim, em particular, e das pessoas, em geral. Vamos talvez destruir este planeta, ou torná-lo um gigantesco parque artificial preservado. Tudo bem. Pra ser sincero, penso que a Terra seria mais feliz sem nós. Se a destruirmos, seremos obrigados a seguir adiante, colonizando outros mundos, espalhando nossa loucura pelo universo, como uma praga. É, porque na verdade somos indestrutíveis. Uma praga divertida.

Não temos tanta culpa assim.

Não nos deram um manual de como viver.

Um manual às vezes faz falta.

•

Por que passei a noite escrevendo isso tudo? Não sei. Acho que há alguma coisa pra compreender, e ela está dentro de mim. Talvez se conseguisse reverter o tempo, se conseguisse pensar pra trás, chegaria ao começo de tudo.

•

A gente sabe que está se desligando da família quando encontra os amigos e fica numa espécie de embriaguez verbal.

Ou quando não desejamos mais que nossos pais sejam diferentes do que são.

•

Mais uma pro manual: não se preocupe se seus pais parecem magoados, como se a sua existência tivesse que justificar a existência deles e isso não estivesse acontecendo. Todos fazem isso. É assim que funciona.

•

Outra: não fique achando que o destino cruel lhe armou uma armadilha. Alguém disse que seria fácil? A única saída é ser um guerreiro.

•

E outra: fizeram uma experiência científica com uma baleia-mãe e seu filhote lá nos Estados Unidos – é sempre lá que fazem essas maldades. Colocaram a mãe no Atlântico, com fios medindo as reações do seu cérebro, e o filhote no Pacífico.

Quando espetavam ou davam choques elétricos no filho, a baleia-mãe sentia lá do outro lado do continente. É isso aí. Não há como escapar da mãe.

•

A menina da vila me ensinou também que o que vence a timidez é a identidade. O importante não é pensar ou não antes de falar. O importante é ser, ser profundamente alguma coisa. O resto é consequência.

A gente começa a se debater na família. Quantos papéis eu representava entre as paredes daqueles três pavimentos. Filho, neto, primo, irmão, sobrinho, pra cada um eu era um ser diferente.

Eles me envolviam como uma teia. Me seguiam como uma sombra. Me estimulavam como um teatro.

Às vezes eram uma barreira contra o mal, outras eram o próprio mal de que eu não podia fugir.

Por que falo deles no passado?
Estão todos vivos.

•

E como chegar à identidade?
Isso é uma outra história.
Outro dia, me vendo às voltas com livros esotéricos, meu pai me disse:
— Procurar um guru é como cavalgar à procura de um cavalo.
O caminho é solitário mesmo. Não tem jeito.
Antes era mais fácil. Saía de um filme do Batman *sendo* o Batman. Mas a vida foi ficando mais complexa e continuar sendo o Batman me causaria sérios transtornos.
Daí em diante, o terreno é cheio de armadilhas. Ainda estou no meio disso tudo. Completamente perdido, saímos procurando quem nos diga o que ser, o que pensar. O mundo está cheio de gente que vive disso.
Mas, como diria Joana d'Arc: "com que cabeça posso pensar senão com a minha?".
Desde pequeno, soube que organizar a minha cabeça não seria fácil. Sou como o horizonte. Me vejo ao longe, mas não consigo chegar. Imagino que deve haver uma continuidade entre o que fui naquele prédio, o que sou agora e o que serei como adulto.
Penso nas coisas como um grande quebra-cabeça. É preciso montá-lo pra que tenha um sentido. Na certa, depois de pronto, perderá o interesse. Tudo bem. É assim que funciona. Vai ver o que interessa mesmo é a montagem, a vida, e não o sentido.
Sei lá.
Mal consigo abrir os olhos.
O dia está lindo. Os passarinhos fazem um barulho danado aqui na árvore em frente à minha janela.
A maresia penetra entre os prédios.

# O autor

*Arquivo pessoal*

    Sou escritor de livros, dramaturgo, roteirista de cinema e de histórias em quadrinhos. Procuro ser também um bom leitor. Desde que me entendo por gente, leio livros diariamente. Acho natural que, como consequência, tenha acabado por escrever alguns.

    Este livro é uma espécie de autobiografia. Nele narro minha infância, a relação com a família, a descoberta da linguagem, a busca da identidade... até descobrir as meninas e sair para o mundo. É um acerto de contas afetivo com pai, mãe, irmã, avós, tios, prima... "Eles me envolviam como uma teia. Seguiam-me como uma sombra. Estimulavam-me como um teatro."

    Para escrevê-lo, voltei à rua onde fui criado; fiquei tardes inteiras em um bar de esquina, olhando o velho prédio de três andares construído pelo meu avô; percorri o caminho que fazia a pé até a escola... e, assim, consegui puxar o fio da memória e trazer à tona detalhes esquecidos há décadas. E me surpreendi com a carga de humor que veio junto.

    A maioria das personagens deste livro já morreu. Agora, à memória se junta uma saudade sem consolo.

## Entrevista

Antes de se tornar escritor e publicar mais de 40 livros, Ivan Jaf foi fotógrafo e pintor. Começou escrevendo roteiros para histórias em quadrinhos de terror e ficção científica e passou à literatura infantojuvenil, ao teatro e ao cinema. Que tal conhecê-lo um pouco mais lendo a entrevista a seguir?

Escrever é inspiração, trabalho ou ambos? Você tem algum tipo de disciplina ou rotina para escrever?

- Escrever para mim é um estado mental. Acho que meu cérebro está sempre "escrevendo", inclusive à noite, quando sonho com os melhores enredos. Mesmo na solidão de meus pensamentos, procuro caprichar nas frases e não errar na gramática. Mas tudo isso só vai parar no papel quando sento diante do computador. E precisa ser pela manhã. E sem ter falado com ninguém.

De acordo com sua biografia, você desenvolveu muitas atividades diferentes – ainda que haja elementos em comum entre elas. Para o jovem, em geral a escolha profissional é apresentada como algo definitivo, "para toda a vida". Você concorda que nada é tão rígido quanto a sociedade, ou a família, faz parecer?

• A única coisa rígida e sem alternativa em relação ao trabalho especializado é a necessidade de ganhar dinheiro de forma honesta. Profissão é um jeito de conseguir isso. A família e a sociedade não podem nos obrigar a manter uma escolha para o resto da vida, simplesmente porque as coisas mudam. O que eu faria hoje em dia insistindo em ser um especialista em conserto de máquinas de escrever? O que o sujeito pode tentar conseguir, e vale a pena lutar por isso a vida toda, é fazer a profissão coincidir com a vocação.

EM ALGUNS MOMENTOS DESTE LIVRO, O NARRADOR-PERSONAGEM DIZ QUE NINGUÉM DA FAMÍLIA PRESTAVA-LHE MUITA ATENÇÃO. E NÃO SE TRATA DE UMA QUEIXA. VOCÊ CONCORDA QUE, NOS DIAS DE HOJE, AS FAMÍLIAS TENDEM A EXERCER CONTROLE EXCESSIVO SOBRE A VIDA DOS JOVENS?

• Exercer controle excessivo sobre a vida de uma pessoa não quer dizer que se está prestando atenção a ela. Indica apenas a tentativa de enquadrá-la num sistema de segurança, para que não dê trabalho nem provoque surpresas, justamente para poder se pensar em outra coisa. Mas, no caso do meu narrador-personagem, essa reclamação é só uma constatação, comum quando se sai da primeira infância, de que ele não era o centro do universo.

EMBORA ESTE *MANUAL* SEJA MUITO DIVERTIDO E BEM-HUMORADO, PODEMOS PERCEBER O SOFRIMENTO REAL DO PROTAGONISTA EM VÁRIOS MOMENTOS. A ADOLESCÊNCIA É UMA FASE CONTURBADA E ALGUMAS SITUAÇÕES SÓ FICAM ENGRAÇADAS MAIS TARDE, COM O DISTANCIAMENTO, NÃO É VERDADE?

• Situações dolorosas só ficam engraçadas muito tempo depois. Escrevi este livro com quase quarenta anos, quando então as recordações de minha infância já me pareciam uma verdadeira comédia. Na época, porém, e é assim com todo adolescente, tudo era um drama gótico sem solução.

EXTRAIR HUMOR DE NOSSAS PEQUENAS TRAGÉDIAS COTIDIANAS É UMA MANEIRA DE NÃO LEVAR A VIDA E A NÓS MESMOS MUITO A SÉRIO. O QUE VOCÊ ACHA DESSA AFIRMAÇÃO EM RELAÇÃO A SEU LIVRO? E, NA VIDA, ISSO EXIGE MATURIDADE?

**ENTRE LINHAS**
ADOLESCÊNCIA

# Manual de sobrevivência familiar
## Ivan Jaf

## Suplemento de leitura

Como sobreviver ao amor e às neuroses familiares? Como sobreviver aos anos desajeitados da adolescência, quando temos de usar óculos e aparelhos ortodônticos, quando a menina de que gostamos nos ignora, quando a família sufoca e também não entende nada do que se passa conosco?

Com muito humor e uma boa dose de filosofia, este *Manual* conduz o leitor a uma viagem sentimental pelos anos da infância e da adolescência de seu narrador-personagem. Obrigado a viver em um prédio onde também moram vários de seus parentes – um avô engraçado e trapaceiro, uma tia hipocondríaca, um tio que fingia ser advogado e, é claro, os próprios pais, entre outros –, este jovem, que não revela seu nome, desenvolve um refinado olhar sobre os relacionamentos, a vida, a morte e as dificuldades encontradas enquanto constrói a própria personalidade.

Ágil e irônica, esta obra está longe de ser apenas engraçada. É também terna e crítica diante das bobagens e das coisas sérias da vida.

Este suplemento de leitura integra a obra *Manual de sobrevivência familiar*. Não pode ser vendido separadamente. © SARAIVA Educação S.A.

# Produção de textos

16. "O que um homem pode dar de melhor a seu neto do que a impressão de que a vida vale a pena ser vivida?" (p. 25) Nessa frase, o narrador-personagem se refere à influência recebida de seu avô. Você concorda com ele? Escreva um parágrafo argumentativo a favor ou contra a pergunta feita.

17. "O pensamento é a minha arma" (p. 98), afirma o protagonista. Redija um texto de opinião a partir desse tema.

## Atividades complementares

(Sugestões para Literatura, Ética e História)

18. O avô do protagonista construía prédios ilegalmente, não pagando as devidas taxas nem cumprindo normas de construção estabelecidas pela Prefeitura. Depois, subornava os fiscais. Do ponto de vista ético, comente com seus colegas essas atitudes.

19. A criação de um ser artificial – como o Golem – está presente em vários momentos da história da humanidade. Converse com seus professores e colegas e pesquise sobre o assunto em livros e/ou na Internet. Leia também *Frankenstein*, de Mary Shelley. Esse romance relata a história de Victor Frankenstein, um estudante de ciências naturais que constrói um monstro em seu laboratório.

# Por dentro do texto

### Personagens e enredo

1. Podemos dizer que o pai e o avô são pessoas muito importantes na construção da identidade do protagonista, mas cada um cumprindo seu papel. Você concorda com essa afirmativa? Explique.

   _____
   _____
   _____
   _____

2. Com que aspecto psicológico do narrador-personagem o episódio do Golem se identifica?
   (   ) A preocupação com o mistério da Criação.
   (   ) O interesse em super-heróis.
   (   ) A necessidade de esconder-se da família.

3. No capítulo "Primeiro perigo: os padres", o narrador-personagem se refere aos rituais da Igreja católica relativos à morte – enterro, missa de sétimo dia – e faz algumas reflexões:
   *Até hoje me faço perguntas simples. Será que a morte tem sempre que estar ligada a alguma religião? Por que não se pode simplesmente oferecer um vinho aos amigos, ser enterrado e pronto?* (p. 55)
   a) Responda você: a morte está sempre ligada a alguma religião?

   _____
   _____

14. O narrador-personagem é jovem, portanto, ao se expressar, utiliza um discurso bastante informal, com expressões e gírias adequadas a sua idade e personalidade irreverente. Retire do texto exemplos de frases que comprovem essa afirmação.

15. Em certas passagens da obra, o narrador-personagem menciona palavras que estão relacionadas ao cotidiano dele e que, de acordo com o sentido do texto, podem soar estranhas para você:
*Quando eles iam transar, usava uma combinação com um buraco numa certa altura. [...]* (p. 24)
*[...] fio de crina de zebra boiando num café com leite mal misturado, guimba de cigarro na barba ruiva de um albino e por aí afora.* (p. 96)
*[...] Na volta sempre entrava na lanchonete de um português amigo do meu avô e pegava um caramelo.* (p. 54)
Quais os significados de "combinação", "guimba" e "caramelo"? Consulte um dicionário.

b) Qual a função de um ritual?

4. Releia o trecho a seguir:
*Havia um mundo infinito de ideias ali, e a única forma de encará-lo era com o pensamento livre.*
*Que diferença da igreja...* (p. 61)
Na frase acima, o narrador-personagem se refere aos livros e os compara com a Igreja. O que ele quer dizer? Explique com suas palavras.

5. No capítulo "A maldição do Natal", o narrador-personagem faz uma descrição bem-humorada dessa celebração em sua casa e a define com uma frase muito irônica: "[...] o Natal foi inventado por um sujeito perverso que queria deixar deprimidos os que não têm família, e mais ainda os que têm". (p. 32)
O que se pode depreender desse capítulo e do comentário do garoto?

b) Você acredita que, em alguns anos, esses aparelhos de hoje continuarão a ser os mesmos? Por quê?

_____
_____
_____
_____

## Linguagem

11. Releia o seguinte trecho:
*Já deu pra notar que esse avô era português.* (p. 10)
Por que o narrador-personagem faz essa afirmação? Cite exemplos do texto.

_____
_____
_____
_____

12. Agora, releia este outro trecho da página 51:
*Minha mãe dominava os filhos com a Onipresença e meu pai com o Raio Exterminador.*
a) Explique, com suas palavras, o significado dessa frase.

_____
_____
_____
_____

b) A que gênero literário o narrador nos remete?

_____
_____

13. A ironia é um elemento marcante em *Manual de sobrevivência familiar*. Retire do texto alguns exemplos desse recurso.

_____

6. Quando lhe perguntavam o que seria quando crescesse, o narrador-personagem pensava: "Um sujeito estranho". (p. 69)

a) Por que ele se sentia estranho? Explique.

b) Na adolescência, é comum os jovens sentirem-se estranhos ou sem lugar no mundo. Você já se sentiu assim? Por quê?

7. No capítulo "Terceiro perigo: o amor dos pais", O narrador-personagem afirma que: "O amor pode ser uma coisa muito perigosa" (p. 84) e que deveria existir um "manual que organizasse um pouco as coisas pra uma pobre criança vítima do amor dos pais". Em sua opinião, como o excesso de amor pode atrapalhar a vida de um jovem?

## Tempo e espaço

8. O que levou as famílias a morarem no mesmo prédio?

   _____
   _____
   _____
   _____
   _____

9. Percebemos a passagem do tempo pelo desenvolvimento do narrador-personagem, pois não há datas expressas e ele raramente nos indica sua idade.

   a) No início do livro, como identificamos que ele ainda é uma criança pequena?

   _____
   _____
   _____

   b) Mais ao final, a que período se refere a frase: "Ainda estou no meio disso tudo." (p. 122)?

   _____
   _____
   _____

10. Nos dias de hoje, muitos jovens ouvem CDs, usam aparelhos de MP3, conversam e até tiram fotografias com celulares que dispõem de inúmeros recursos etc. Nada disso existia na juventude do narrador-personagem da obra.

    a) Que aparelhos ou recursos estavam então disponíveis? Procure no texto e, se for possível, faça uma pequena pesquisa sobre eles.

• A tragédia é o todo. A comédia está nos detalhes. Isso acontece porque o absurdo é engraçado, e, por mais trágica que seja uma situação, ela se formou a partir de inúmeros detalhes absurdos. Hoje, quando me lembro da noite em que quebrei a perna num acidente de moto e precisaram rasgar minhas calças às pressas, o que me vem à cabeça é o fato de naquela noite ter saído sem cueca.

RUBEM ALVES, ESCRITOR, PROFESSOR E PSICANALISTA, DIZ EM SEU TEXTO "A PIPOCA" QUE SOMOS COMO O MILHO DE PIPOCA: TEMOS DE PASSAR PELO FOGO PARA NOS TRANSFORMARMOS. NESSE SENTIDO, O NARRADOR-PERSONAGEM DE SEU *MANUAL* ESTÁ VIRANDO PIPOCA?

• Sim. Ele virou pipoca. Mas, tão importante quanto o fogo, é o óleo do *propósito*. Sem o *propósito* de se transformar, de crescer, de aprender, ele não chegaria a lugar algum. O milho na panela, sem óleo, simplesmente queima. (Ah, manteiga também serve!)